Alistair MacLeod

The Lost Salt Gift of Blood

海风中失落的血色馈赠

［加拿大］
阿利斯泰尔·麦克劳德——著
陈以侃——译

人民文学出版社
PEOPLE'S LITERATURE PUBLISHING HOUSE

著作权合同登记号　图字 01-2018-0145

The Lost Salt Gift Of Blood

图书在版编目(CIP)数据

海风中失落的血色馈赠/(加)阿利斯泰尔·麦克劳德著;陈以侃译.—北京:人民文学出版社,2018(2020.10 重印)
(阿利斯泰尔·麦克劳德作品集)
ISBN 978-7-02-014094-7

Ⅰ.①海…　Ⅱ.①阿…　②陈…　Ⅲ.①短篇小说-小说集-加拿大-现代　Ⅳ.①I711.45

中国版本图书馆 CIP 数据核字(2018)第 062706 号

责任编辑　朱卫净　潘爱娟
装帧设计　高　熹

出版发行　人民文学出版社
社　　址　北京市朝内大街 166 号
邮政编码　100705
网　　址　http://www.rw-cn.com
印　　制　上海盛通时代印刷有限公司
经　　销　全国新华书店等
字　　数　120 千字
开　　本　787 毫米×1092 毫米　1/32
印　　张　6
版　　次　2019 年 1 月北京第 1 版
印　　次　2020 年 10 月第 4 次印刷
书　　号　978-7-02-014094-7
定　　价　59.00 元

如有印装质量问题,请与本社图书销售中心调换。电话:010－65233595

目 录

秋

“我们只能把它卖了，”我记得母亲不容置辩地说道，“冬天长着呢，我到时一个人在这儿，只留下这几个孩子帮我。另外，它食量太大，给牲口的饲料我们本来就不够。”

十一月的第二个星期六，太阳已经消匿，好像今年都不准备再现身了。每个清晨的到来，都显得更为晦暗，其脸色也越发阴沉。大西洋灰蒙蒙的潮水，潮峰几乎是黄色的，带着脾气，毫不留情地拍打着岸边光滑的圆石；永不知退却的峭壁下散落的这些石头，就像是某个巨人不经意间丢下的。晚上我们躺在床上，能听到潮水涌来，撞碎在岸上，周而复始；这种轰雷般的响声来得是如此的冷酷和规律，以至于你可以在它们的间歇中数上节拍：一二三四，一二三四。

很难想象那片透彻晶莹的夏日之蓝也是在这里——在那样的季节，只有渔船留下的几线浮油，或者海鸥御风那几抹惊人的白光，才能破坏它的无瑕。而现在，它是浑浊的、愤怒的，甚至是痛苦的；它掷起飞掠的一团团肮脏的褐色水沫、孤零零的货船丢下的眼见就要溃烂的木棍、无主的鸭舌帽、损毁渔网的浮标，和必然要出现的漂流瓶，只是里面什么话也没有。还总见到发黑的、丝絮般的海草，是它从自己身底撕扯下来的，就好像这是一个自戕的季节——拔下隐藏的、私密的、不被察觉的毛发。

我们在自己家的厨房里，母亲说话的时候，很有精神地在捅着她炉子里的木柴和煤块。烧起的烟逃逸出来，翻滚着上升，直到被屋顶压扁。母亲讲什么话都要配合手势，好比她藏起的那个声音，要通过肉体的某种动作才能解放出来。母亲又高又黑，颧骨突起，眼珠是棕色的。她的头发也很黑，又长，往往被很用力地向后束起，在她颈后盘成一个圆的发髻，用珊瑚梳子固定在那里。

父亲则背对我们站着，从窗口看着大海冲击着峭壁。他的两只手在他身后握着，肯定握得很紧，因为皮肤都泛白了——特别是左手。我父亲的左手比右手大，而且左臂也要比正常情况长三英寸。因为他在哈利法克斯的码头上干活的时候，装卸工要用的钩子他都是用左手握着。父亲的肤色没有母亲的那么黑，他的眼睛是灰色的，他现在日渐稀疏的头发也是这个颜色。

我们只住过一个地方，就是这个大海和矿镇之间的小农场。夏天父亲总是在自己的地里干活，到了冬天，父亲也曾经去矿场的地洞里面工作。后来地下的负荷他承受不住了，就会在十一月到四月期间，要么接活帮人运煤，要么就在他的林子里加工木材，用于支撑矿井的屋顶。不过，那好像是很久以前的事了。我已想不起矿里还一直有活干的时候，也记不太清是哪个冬天，父亲还能一直陪着我们；而我今年都快十四岁了。现在每年冬天他都会去哈利法克斯，但他离家一般都会很久。他就会像现在这样，站在窗前，站上一个礼拜或者再多几天，然后他就不见了，只有在圣诞或者偶尔一两个周末，我们才能见到他。原因是他去的地方有两百英里之遥，而且由于冬季的暴风雪，来回会变得艰难，还要顾忌无法预料的突发状况。一两年之前，他周末回家，突然暴风雨降临，它来得是如此猛烈凶残，以至于他直到周四才回去。母亲骂他是个蠢货，来这么一趟平白无故地损失了一个礼拜的工资——这些钱难道她和六个孩子没地方用吗？从那以后，父亲总等到有些春意才会回家。

“再留它一个冬天吧，也没什么损失，”这时父亲说道，眼睛还是望向窗外，“养着它这么多冬天都过来了，而且它牙齿坏了之后，也吃不了那么多了。”

“它以前还有些用，”母亲立马回道，炉盖弄得乒乓响，“你在家的时候，还会把它带到林子里去帮忙，或是让它帮着驮煤——其实它也驮不了多少。可这几年，它是一点用都没有了。夏天的时候还不如租匹马，或者租个拖拉机，要来得便宜一些。马现在对我们来说没用，年轻的马也没用，更别提这匹大概三月份就会死的马了，我们这些年来费了多少马粮啊。”她终于把炉盖子各归其位地盖好了。

他们说的是我们那匹自我出生起就在家里的老马，斯科特。父亲在地下挖矿时，骑着他度过了两个冬天，自此他和马便喜欢上了彼此。第二年春天，父亲准备此生不再回到煤矿了，就向“公司”买下那匹马来，为的就是能和马一起见到太阳，能一起踏踏芳草。如果斯科特留在地下深处，失明是早晚的事，所以这也是挽救了它的两只眼睛；黑暗会让身在其中者安之如饴。

曾几何时它看上去也和煤炭无二。那时它的皮毛黑得发亮，黑得强健，只有前额中心的一颗白星是黑色覆盖不到的地方。但那也是很久以前了，现在它两眼周围一片灰白，而且刚迈步的时候腿会显得极为僵硬。

“哎，它三月死不了的，”父亲说，“它没事的。去年秋天你也这么说，它不是后来好好的嘛。一旦让他的马蹄子回到绿草上，他就跟回到了两岁时一样。”

过去三四年，斯科特得了肺气肿。我猜是马待的地方不能离海太近，这儿湿气重。他们跟人得哮喘也是一样的，咳嗽，沁汗，难以呼吸。也有可能是因为有太多个寒冬，他被困囿在逼仄的马厩里，只能吃干燥、满是灰尘的粮草。或者它只是老了。也有可能上面说的都是原因。我反正不知道。有人告诉我十岁的弟弟大卫，要把干草弄得潮湿些；去年冬天，从一月头上开始，斯科特就咳得厉害，于是大卫会提着一舀斗的水，洒在我们放到食槽里的干草上。接着大卫就会说，斯科特的咳嗽好多了。我也这么觉得。

“可它终究不是两岁的马了，”母亲又立刻回答，一边穿上她的外套，准备出去喂鸡，“它又老又没用，我们这又不是给老马开的疗养所。我一个人在这儿照顾六个孩子，本身就忙不过来。”

很久以前，父亲的主业是帮人运煤。还是单身的时候，可能是因为寂寞，有时就会去喝个大醉。二月份昼短夜长，在一家卖私酒的店里，父亲喝酒、谈天、一醉不醒，全然将屋外的冰雪世界抛诸脑后。直到第二天早晨，身体被酒精抽干，他绝望地走到门口，看到马和雪橇就在他昨晚走开时的位置，其实它们全然不必留在那里。雪花像精细的粉末，覆盖雪橇上的煤块，却掩不住它们的黑光。这样的雪不像雨水落下，倒像是凭空出现的露珠，即使是最冷冽之时，它们也来。而那匹马，则在凌晨的冥暗中站成一个鬼影。在他黑色毛皮的外面，昨天的汗液已经结成一层灰白的冰霜，鼻子下面悬着几根微小的冰凌。

父亲无法相信在如此酷寒之下，这匹没有拴住的马，毫无必要地等了他一夜。此刻，马蹄把地上的雪踏得嘎吱作响，结冰的马具下看得到它肌肉的颤动。那一晚之前，父亲从未被世上另一个活物守候过。他把脸埋在马鬃和白霜中，伫立良久。厚重的黑色马毛覆盖着他的脸，颊上凝起冰珠。

这故事他讲过很多遍了，虽然母亲早已听厌。有次大卫坐在他大腿上听完，说他也一样会等的，不管天有多冷、要等多久。母亲说她希望大卫的脑子能正常些。

“行了，我给麦克雷打过电话了，他今天就会来牵它走，”母亲一边说着一边穿上外套，她准备去喂鸡了，“趁你在这儿，我想把这件事了结了。否则我转个身你又走了，那这个冬天我们又扔不掉它了。詹姆斯，给我拎着桶，”她跟我说，“过来帮我一起喂鸡。至少这还不算浪费饲料。”

“等会儿，”他说，“该死的，给我等会儿。”他从窗口猛地转过身来，我看到他的手已经握成了两个拳头，关节又白又冷。母亲指了指几个年纪更小的孩子，摇了摇头。父亲一时不好发作，因为母亲反复告诫他不能在孩子面前骂人，就在他犹豫的时候，我们拎着桶溜走了。

养鸡的地方，去的时候海浪更高了，风也猛烈到我们只能用身体挡着手中的饲料桶，否则饲料就会被狂风卷起，抛洒向苍穹了。渐渐开始下雨，因为风势强劲，雨点打在桶的镀锌铁皮上，砰砰作响；脸上也是一阵阵刺痛之感。

鸡棚里比较暖和，可气味刺鼻，特别是那些鸡都朝我们拥来的时候。其实它们也不能算鸡仔了，都已经是成熟了的阉鸡。母亲养了一个夏天，就是为了圣诞的时候把它们拿到市场上去卖。每年春天，母亲都收来一两天大的小鸡，给它们喂捣碎了的熟鸡蛋和专门给刚出生的小鸡吃的饲料。之后它们会被放养在露天的鸡圈里，直到秋天，它们就要被关在这里长膘。这个品种叫做“浅花苏塞斯鸡”，母亲喜欢这种鸡是因为它们比较健壮，而且很容易增肥。到了这个阶段，它们看上去极为白皙，鸡冠火红，乌黑的眼珠里闪着金光。它们的脖子白到发光，但脖子根部却很夺目地绕了一圈黑色的羽毛。看上去很像是谁照着它们的鸡脑袋泼下白色的液体，因为接触了空气，淌到某处突然神奇地变成了黑色。两处颜色迥异，但光泽相仿，让人想到钢琴的琴键。

母亲在它们中间显得步法非常自如，给它们的槽里填上谷糠，倒上我们带来的温水，而它们也因为熟悉母亲，自顾自地在她身前身后拥攘。要说我喜欢它们，那也只是有时候，而我最厌恶它们的，就在于这一切其实都是没意义的。圣诞之前，它们都会被杀掉，去毛开膛；而开春之后，又会有另外一棚的小鸡，外貌、习性，直到最后的命运，都不会有任何两样。你盘算好了要置于死地的东西，要打心眼里喜欢它是很难的，不过要真心讨厌也一样不容易。而且它们还不止一个，数量一大，就会让人感觉它们就像夏天摘的蓝莓、草莓之类的——成群结队地用它们的方式存活一小会儿，等着被挑选和食用。有点不一样的是那些果子自然而然就会在那里，而对于这些阉鸡我们还负有一些责任，除了怂恿它们暴食之外，还要保持它们温暖、健康、壮硕，以尽早达到可以被我们结果的状态。我父亲见到这些阉鸡就不自在，尽可能地找理由躲开。我的朋友亨利·范·戴肯说父亲会这样是因为他是苏格兰人，这个民族在花草和家禽这些事上从来就不在行，他们觉得这些都是女人们干的活，男人动手是丢人的事。亨利的父亲种花弄草、养鸡养鸭都是好手。

我们正在局促的鸡棚里打转，忽然门“砰”地打开，我们眼见大卫几乎是被风雨吹打进来的。“有个男人开着辆卡车，上面有头老牛，”他说，“他刚才进咱们家了。”

我们进厨房的时候麦克雷就站在门口的那张桌子边上，父亲还是在窗子那里，虽然现在已经转过来背对着窗口了。看情势好像他们两个谁都没有开过口。

麦克雷这个牛贩子今年五十多了，矮小敦实，一张通红脸孔，嘴角叼着根雪茄。他的一双眼睛也很小，还布满血丝。他的裤脚塞在雨靴里，宽皮带是西部风格，棕色山羊皮外套下面穿着一件法兰绒衬衣，领口没扣上，看得见他带些红色的胸毛。他手里有根短柄长鞭，一直在用来敲他雨靴的侧边。他刚刚在大风雨里走了一小段，所以衣服是湿的，因为厨房里的热量，这股刺鼻的湿气再混合了他雪茄的味道，让人觉得颇为难受。这种气味里闻得到不计其数惊恐的牲畜——它们曾被关在他卡车的车厢里，也曾被他推来搡去——还闻得到牛粪、汗臭和害怕。

“听说你这儿有匹快不行了的老马，”他的话绕过他的雪茄传出来，“运气好的话，我还能用它来换点水貂饲料。我开的价是二十加元。”

父亲一言不发，不过那双如同他身后大海一样灰暗的眼睛，让我想到曾经有一回，斯科特拖着的圆木撞上半掩盖着的障碍，疯狂地弹飞出去，猛烈的冲力正好压在父亲的双腿上，拖着他碾了一小段，直到撞在一个树墩上。那树墩几乎被撞得连根拔起，斯科特也被撞得差点一屁股坐下。父亲的双眼那时也灰暗，其中映射出的全是恐惧、痛楚和无声的讶异：惊讶的是自己如此苦厄的困境似乎又是如此的熟悉。

此刻的情形，很像他被我们所有人算计了，包括他的妻子、他的六个孩子和抽着雪茄的麦克雷。大海已经在这扇窗上留下不少伤痕，此刻它又被急风暴雨冲击着，而我们绕着父亲围成一圈，他靠着这扇窗，真的很像是被我们逼得走投无路了。他还是什么话都不说，虽然我知道，此刻他的思维正沿着所有可能供他辩驳的小径飞奔着，但所有的路线又一下被他自己否决，因为他明白在每条路的尽头，都有让他痛心的事实在等着他：“拖延又有什么用？卡车已经开来了，以后不会有更好的机会了；你自己就快走了；它再不会变回年轻了；价格不可能再提了；它可能这个冬天就死了，那我们就什么也拿不到；我们不是在给退休的老马开疗养院；我一个人在这里照顾六个孩子，本身就忙不过来；买饲料的钱该花在你孩子身上；对你来说，难道孩子还没有一匹马重要？你自己走了，把我们留在这儿照料它，不公平。”

他点了点头，离开窗口，朝门口走去。“你不会是要……”大卫说道，可母亲立马打断了他。“闭嘴，”她说，“去，先把鸡喂好了。”然后她好像管不住自己似的说：“至少喂喂鸡还有点意义。”几乎在父亲停下脚步之前，我就知道她已经在后悔添上最后那一句了。我知道她已经意识到自己伸手要抓的东西太多，于是连已经拥有的，恐怕都要全部丢掉了。就像被海水冲刷的那些几乎是垂直的悬崖，你一点点往上攀爬的时候，发蓝的指尖从这个缝隙抓到下一个裂口，突然你见到一根诱人的细枝，就忍不住去抓；就在你伸手的刹那，你心里清楚，很可能这根枝条所寄无物，那里既没有土壤或者植被作为它的根基，甚至很可能这根枝条只是被海浪抛掷起的废物。就在那一刹那，你已经绷紧自己的身体，准备好承受那不可避免的滑落，以及即将到来的疼痛和满身的淤青。不过对母亲来说，这次似乎躲过了这一劫。他只是停了一下，盯着她看了片刻，猛地打开门，迈入了呼啸的风中。大卫僵在那里。

“我想他是去了关牲口的地方。”母亲说，语气出乎意料的轻柔，还用眼神示意我，让我也跟去。等到麦克雷和我走出门口，父亲已经走了一半了。他没戴帽子，也没穿外套，整个人侧着走，像把斜斜插进风口的刀子。他的裤管被风撕扯着，紧紧贴着父亲的双腿。

和麦克雷经过卡车的时候，我忍不住看了一眼那头牛。

那是头爱尔夏牛，很大，很老。除了宽阔的肩头以及脖子和下颌上有些樱桃色的斑点之外，它全身几乎都是白的。它套着一个加固了的链式笼头，在鼻圈中穿过两遍的绳子系在车厢地板拴着的一根钢条上，所以牛头也被拽得几乎要贴着地板了。它试图转过身，用背抵挡风雨的抽打，而它庞大的身躯也紧紧地贴在旁边的卡车板条上，跟拴着的牛头构成十分诡异的角度。车厢地板因为雨水掺杂着它自己的排泄物，十分滑腻，每次它想做个什么动作，总觉得它有四脚朝天的危险。这种艰难已经让公牛开始颤抖，肩头的肌肉不由自主地有些小小的抽搐，而一对牛眼也已经在眼窝朝上翻起。大雨和它的汗水交汇，从它的两肋淌下，成了一道道灰色的细流。

“在你身上挂一根像那家伙一样的老二，要不要?”麦克雷迎着风吼道，“这厮不用说日子肯定过得不赖，那玩意儿肯定塞进过不少小母牛啦。好家伙，要是你有那种尺寸，那些小骚货还不整天骚叫着要跟你去小林子后头啊。世上什么都比不过那些小妞，特别是汁水在她们里面咕咕流起来的时候，她们才刚知道那是干吗用的呢。”他志得意满地舔了圈嘴唇，鞭子使劲打了一下他完全湿透的靴子。

牲口棚遮蔽风雨，所以里面显得很宁静。斯科特在第一间隔栏里，第二间是空的，其余就留给了其他牲口。父亲凑上前去，抚着斯科特的鼻子，但什么话都没有说。斯科特则用它的头上上下下蹭着父亲的胸口。虽然斯科特老了，但它依然很强壮，脖子的力量眼见着就要把父亲顶离地面，顶到马厩的墙上去了。

“行了，时不我待啊。”麦克雷说着就解开他的裤子拉链，在隔栏后面的小道尿了起来。

牲口棚里很闷热，很安静，动物和干草的味道几乎是香甜的。只有麦克雷小便的声音打破寂静，而那上面隐约升起的水汽也毁了此时的情景。“啊，真是舒爽啊，”他说，拉上拉链，膝盖一屈，就朝我们走来了，“来瞧瞧，看是个什么玩意儿。”

他用背顶着斯科特，几乎是把斯科特背了起来，把它从隔栏这头送到了那头，然后他从马的身侧走到父亲站的地方。他检查斯科特只花了一小会儿，我猜他大概也没指望能换回多少水貂饲料。“你这笼头不错，”麦克雷说，“我再给你加一块钱吧，反正你以后也用不着了。”父亲盯着他，似乎过了好久才点了点头，动作小得几乎察觉不到。“那就这样，”麦克雷说，“二十一加元，这笔买卖就算数了。”父亲接过钱，还是一句话不说，打开了牲口棚的大门，头也不回地冒雨朝家里走去。我不知道我还留在那里干吗，便也跟了上去。

屋子里几乎没有一丝声音。母亲去炉灶那里开始洗她的茶壶，而后又把水壶移到这儿移到那儿的。屋外，麦克雷把卡车发动了，我们知道他要把卡车倒到牲口棚旁边的山坡上。他刚购置的新货从那儿装车比较容易。然后除了水壶的嗞嗞声，又万籁俱寂了。水已经开了，应该有个人去把水壶从火上端开；但谁也没有动。

随后，好似被一种奇诡的力量所吸引，我们每个人都挤到了窗口，啊，没错，卡车不出意料地倒上了山坡，麦克雷进了棚里，手上还拿着他那根鞭子。过了一会儿他出来了，牵着斯科特。

走出牲口棚时，斯科特差点绊倒，不过很快又恢复了平衡。人和马爬上小山丘的时候，都把脸扭过去，避开强劲的雨势。斯科特静静站在那里，看麦克雷放下卡车的后挡板。挡板放下之后，就在山坡和车厢间构成了一个小小的坡道，麦克雷抓着笼头的牵绳先登了上去，等不及似的拽了几下。斯科特的一个马蹄踏上了挡板，或许是臆想，但我觉得我听得到马蹄砸在那块湿板子上的空洞的声音。就在那一刻，它迟疑了，收回它的腿，定在了那里。麦克雷用力拉了一下绳子，毫无作用。他又拉了一下。他走下来，站在挡板的中间，伸手揪住笼头往上拽。我们看到他的嘴唇在动，要么是哄斯科特，要么是在骂人，或许两者都有。他此时正对着风向，雨水顺着他的脸汩汩淌下。斯科特还是一动不动。麦克雷走下车来，引着斯科特在湿草间绕着大圈，他越走越快，速度不断累加，以至于他和马都像要奔跑起来一般。雨帘斜斜地挂着，他们在雨帘之外，模糊得如同一部严重失焦的黑白电影。突然，麦克雷速度不减地跑上了坡道和车厢，几乎是快步小跑的斯科特就跟在他身后。可就在马蹄接触斜板的刹那，斯科特一下子停住了。绳子瞬间绷紧，本来一路前冲的麦克雷被猛地向后扯去。他撞上牛的身侧，地板上满是泥泞，麦克雷弹开之后哪里站得住，跌进了车厢里湿漉漉的污秽中。我们还没来得及担心他是否受伤，麦克雷又站了起来。他满脸的怒容，身上全是牛粪，褐色的水流一道道淌下来。他挥起鞭子——他居然连摔倒了也没有丢掉它——狠狠地在斯科特的双眼间劈下。后者正僵直地立在后挡板上。斯科特摇了摇头，好像有些恍惚，退了几步又到了湿草中，牵绳就拖在它身后。

一切都发生得太快，窗后的我们其实不知道该做些什么，想到我们正在干的事情后又莫名有些难堪，好比是逮住自己做了什么可耻的事。是大卫唤回了不知该作何想的我们。“它不会走的，”他说，又几乎要吼起来，“它就是不会走的，永远不会。它是好样的。现在那男人抽了它，它铁定不走了。它永远不会走的，留下它吧。”他冲向父亲，一把抱住他的双腿。

这时门猝然打开，麦克雷愤怒地站了进来，鞭子还拿在手里。因为那次摔倒，他的衣服到现在还是湿透的，褐色的水珠滴下来快连成线了，全落在母亲的地板上。他说话的时候脸都快紫了："除非五分钟之内把那匹操逼的马给我弄上车，否则咱这交易就算黄了。你们要想再找个人付那么些钱，就为了那个屁用没有的老杂种，你们他妈就等到猴年马月去吧。"

我就感觉世上所有想象中最坏的事情全部降临了。只不过和我之前料想的全然不同。那可能是我第一次意识到成年人的生活会多么艰难，而且做一个成年人也可能是非常可怕的事，我一下子自私地担心起来，不止是为了那一刻的我，也是为了多年后的自己。因为我不知怎么总以为在女人、孩子面前，或者甚至在某些男人面前，要是有人说这种话，会见到天崩地裂、电闪雷鸣，或者至少人们会惊恐万状，双手捂住耳朵大声尖叫，又或者这个坏人侥幸没有变成石头，那也逃不过某个四肢匀称的正义英雄的制裁。但现实中这些一样都没发生。唯一的变化是父亲眼中那能降下雷雨的乌云越发阴沉，母亲的脸也憋得通红。而或多或少让我震惊的是，除了斯科特不愿上卡车之外，其实什么都没有改变。说真的，所有的事实依然简单到残忍：斯科特老了，我们很穷，父亲没几天就又要走了，这个少了他的家里，是不是还有斯科特，就全看他了。这情形似乎跟母亲多年来保护她的子女不受"脏话"侵害很像，因为终有一天，不管她愿望如何，"脏话"就这样带着可怕的真实感，呈现在我们面前。我还在想着这些事情，父亲已经从麦克雷身边走了过去。地上褐色的水潭不断蔓延开来，麦克雷站在其中像是个由恶臭水潭培养出来的巨形植物，而这些污水也是他自己带来的。

本来麦克雷进门的时候，大卫已经放开了父亲的双腿，这时见父亲要走，好似要鱼跃去扑住他。不过我拦住了大卫，用近似于母亲的声音，说了句母亲的话："我们去把鸡喂完。"我觉得我的声音好像是从很远的地方传来。我的手抓着大卫的胳膊，此时用了用力；麦克雷的身躯并不瘦小，堵在门口没有要离开的意思，我们几乎是从他身侧挤出去的。

屋外，迎着凌厉的风雨，父亲径直走向斯科特。后者有些彷徨之态，背对着风，任牵绳在脸前晃着。他见到父亲，竖起耳朵，用马嘶表示认出了来者。父亲的湿衣服贴在身上，显得格外纤弱，他拿过牵绳，大步走开，那匹马就急切地跟了上来。他们的动作让人觉得是一条小拖船领着巨大的航海货轮入港，区别就在于，父亲和斯科特不论是分开看，还是作为一个整体，都不容置辩地活着！走到挡板处时，这次轮到父亲犹豫和畏缩了，他的脚碰到挡板似乎就收了回来。可斯科特全然没有犹豫畏缩，马蹄和湿的硬木板接触，传来充满坚定和信心的声音；马头几乎要顶到父亲的腰背间，他是如此急切地要跟着父亲，全然不在意他们的下一步是落在什么地方。

自我记事起，斯科特就是跟着父亲的，而在我的想象中，他们应该向来如此。矿场地下的黢暗洞穴里，它就不管不顾地跟着父亲。干燥时，蹄铁与小道和石子能蹭出火花；也有潮湿的时候，他们俩就前行于齐膝的水中，水花间的落脚处，他们其实也看不见，全凭感觉。身后是运碳车的轰鸣，这本是斯科特拉动的车子，可动势一起，斯科特若有半个趔趄，就会被车轮碾过，只留下一具血肉模糊的骇人尸体，等着被拖上地面，聊作回旋鸥鸟的盘中腐肉。出了地底，它也跟着父亲，夏火炙烤下，双腿间和马轭下的汗液都被搅成了泡沫，星星点点的白光就这样飘落在它闪亮的黑袍上。在冬天，它也跟着父亲，穿过刚刚结冰的沼泽，一队圆木时而噼啪作响，时而尖声呼啸，就逶迤跟在后面；它喘着粗气踏破晶莹的冰雪，马蹄上方的矩毛处被割破，于是洁白之上，就留下了一串带血的孔眼，是它紫红色的行迹。又是冬天，换成雪橇上如山的煤块，它还是跟着父亲，有些路段风力过强，积雪吹散，地面光秃秃的。它蹲下用劲，肚子都快碰到地面了，行进时呻吟着猛烈地朝两侧摆动，为的是让雪橇往左往右平移，它懂得，要往前走只得如此，否则雪橇是根本不会动的。

父亲还在系马的时候，麦克雷就急步从我们身边走过，砰地甩上车厢后挡板，插上固定它的插销。父亲从车厢侧边翻下来，麦克雷已经蹬着踏板进了驾驶室。引擎一吼，卡车向前一窜。草上留下两道车辙，就像两条巨大的鼻涕虫爬过留下的黏液；尾气滞留在空气中，味道很重。道路在最低处有个拐角，卡车转弯的时候，斯科特想回头看，但绳子系得太短，它转不过来。大雨如同无数被风吹斜的珠帘，整片整片地泼下，我们知道那边发生着什么，却根本看不到。只听得引擎远去，两条湿湿的车辙留在草上，尾气上升在空中。

直到这时我才意识到大卫并不在我身边，而问题浮现的时候，我也已经知道答案了，于是向喧哗的鸡棚快步跑去。

一进鸡棚，我就发现很难看清什么，呼吸也很困难，同样困难的是相信这么小的一个孩子，居然能在转瞬之间造成这么大的破坏。浑浊的空中包罗万象，有从地板上扰起来的各种灰尘，有扯碎的稻草，还有小小的白色鸡毛，沾了红点，在空中飞舞、沉降、旋动。很多阉鸡都满身带血或是饱受重创，它们受了惊吓就想飞到旁边，但又笨拙，往往会在空中和同伴撞到一起。平日里给它们喂食过多，它们的身体对于孱弱的、如同摆设一般的翅膀来说实在是太重了，几乎很难起飞，经常踉跄个几尺远，就摔瘫回地面，振起一些尘土。它们的叫声里全是惊恐，让人感觉和它们的飞行一样怪异，就好像它们完全演不了这个强加的角色似的。大多数的鸡已经奄奄一息，垮在地上，被灰尘和血污覆盖，就像一团团用来擦去血迹的灰色报纸，让人哀伤。它们身上的光泽永远地暗淡了。

大卫在这其中如同一个血迹斑斑的狂舞托钵僧，几乎是没有意识地朝四面八方挥舞着他的斧子，如同是被蒙住了双眼一般。灰尘落在他脸上，因为潮湿，就留在了那里，而泪水又在这片灰色中划出两道细细的痕迹，就像两条没有目的的寂寞的小河。一根小羽毛黏在他的额头上，他咳嗽的同时也在抽泣。

父亲出现在门口时，他好像才意识到他不是一个人。精疲力竭之时，他最后一次举起斧子，扔向父亲。“杂种！”他的骂声好像是对麦克雷小型的、拙劣的模仿，然后大卫就从我们身边窜出门去，差点撞上从雨幕中走出来的母亲。他扔斧子时已没有多少气力，斧子毫无威胁地从墙上弹下，落定在父亲的脚边，上面有水，有血，有羽毛和始终没有掉下来的肉末。

我为这些阉鸡伤心，现在它们是如此残毁和无用地躺在那里；我也为母亲伤心，她为我们所有人在这些阉鸡上花费了太多心血。但我不知道此刻我该做什么，该说些什么。

我们从那个伤心之处离开时，刀割般的海风吹来，其中又新添了几许愤恨，它似乎要将我们吹离地面，扔出云外去。你身前的衣服被紧紧压在身体上，所以裆下已经冷得失去了知觉，而身后那个翻腾的气球也在不懈地拉扯着你的背脊。你只有转过来或者低头时才可能喘气，否则呼出的气会不由分说地被吹回你的肺里，于是你的喉咙会抽搐、作呕。现在大雨中已经夹杂着会刺螫你皮肤的冰雹，然后又迅疾演化成了今冬的第一场雪。你眼前的雪阻隔了一切，其实它从海上奔袭而来，但在这一片洁白的飞旋中，大海已经消失了，而它这种隐形的近在咫尺变成一个深沉的男低音，轰鸣、嘶吼，跟作为男高音的风声交缠在一起。你几乎成了一个不能动弹、不能呼吸的盲人。还好只是“几乎”。每次你转一下头，弯一下腰，你还是能稍稍活动和呼吸，或者听到和看到一些东西。这的确不算什么，但是你也只能珍惜你所拥有的那一点聊胜于无了；你的脚趾会下意识地蜷起来，好似它们正努力要抓住你脚下的土地。

我停下脚步，从风吹来的方向别过头去，看刚刚走过的路。我的父母在那里，被风吹在了一起。他们也不再前进，只是站定了试图不被吹动。他们侧过身，面对面倚向对方，肩靠着肩，就像三角屋顶那两根对接的椽木。父亲的臂膀绕上了母亲的腰，母亲也不像我以往看到的那样，将它们移开了。她的手反而抬起，将珊瑚梳子从她厚重的发髻中取了下来。我从没见过母亲的头发究竟有多长，现在它舒展着一直垂到了地面。那乌黑的长发被狂风扬起，与落在头发上又融化的雪花一样散射着光芒。长发包裹起了父亲的脑袋，而父亲也将脸埋入那厚重的黑暗中，又将母亲搂得更紧了些。我想他们会在那里站很久很久的，依靠着彼此，顶着凛冽的风雪，任脸上结起冰霜。看起来我应该让他们单独待一会儿，所以我转过来，走了一步，又走了一步，每次都向前一点点。我想我还要去找到大卫，可能他会明白的吧。

黑暗茫茫

一九六〇年，六月的第二十八天，是我得拯救的日子。早上六点整，我醒来，意识到今天是我的十八岁生日。传来天主教教堂的钟声。每周日的礼拜我还是会去的，但心里已经不太情愿。“好吧，”我告诉那钟声，也告诉自己，“至少从明天起你再也扰不到我了。”不过我没有动，静静躺了一会儿，仰头，窗外杨树叶窸窣作响，轻柔自在；这是新斯科舍的早晨。

如此重大的一天，我没有着急起床，至少一部分原因是我又听到了另外一个声音，与教堂钟声那低沉庄严的节拍大相径庭。父亲不规律的鼾声，呼呼作响、粗嘎刺耳，带着湿气从隔壁传来。虽然我只能听到他，但在我脑海中，与眼见无异。他必然仰面躺着，渐渐稀疏的铁灰色头发散乱在枕头上，他深陷的脸颊，甚至他乌黑的眉毛都会随着他杂乱的呼吸而起伏。他的嘴巴一定微微张开，嘴角有细小的唾液泡沫鼓起又见破碎。不出意外，他的左臂甚至左腿会甩出床沿，搁到地板上。从他的姿势判断，好像父亲已经在睡梦中预防了任何不测，碰到意外只需向左稍一侧转，再挺直身子，他就已经立在床边了。他的身体总有一半接触地面，严阵以待。

我们家里父亲总是起得最早，我想，再过那么一会儿他也就该起来了。他会像被谁掐住了脖子，倒吸一口气，鼾声也会随之戛然而止。然后隔壁会传来悄悄走动的声音，接着，那扇歪斜的门会被推开、关拢，父亲会穿过我的房间。他一般左手提着鞋子又同时揣着裤子，而右手正试图系上纽扣，拴起皮带。自我有记忆起，父亲走过时一般已穿戴完整，只剩纽扣、搭钩之类他不擅长的环节了，因为在他以前干活的小矿，一枚炸药从他伤痕累累的右手夺去了食指和中指。不过对剩下的手指，他也期望不高，只求能“拿捏拨扯”、系纽扣、拴皮带就行；而这些任务它们也尽己所能，但总有种胡乱摸索的绝望之感，让人难以放心。三根手指时常显得勤勉有余，但它们自己好像也觉得有些力不能及了。

经过我房间的时候，为了不吵醒我，父亲会走得轻手轻脚，而我会闭上眼睛假装睡着，让他自以为得计。等他下楼生火之后，我和母亲会稍待片刻，然后用咳嗽声试探交流，确定谁是下一个起床的人。如果我咳了，示意我醒着，那么就该我随着父亲的脚步下楼；若是我不做声，那几分钟之后母亲也会从我房里走过。这时我会第二次闭起眼睛，但我一直觉得这招对母亲不管用；她不像父亲，我总感觉真睡假睡之间的区别她心里是十分有数的。而玩这些把戏其实我自己也觉得并不光彩。不过今天，我想，这是最后一次，我希望他们都比我先下楼梯。因为今天我有些自己的事情要办，而我拥有的时间也很短：父母下楼之后不久，我的七个弟弟妹妹也都要起床了。

他们此刻正睡在走廊对面一个截然不同的世界里。两个大房间，一般我们就叫“女孩房”和“男孩房”。前者住着我的妹妹们，玛丽十五岁，朱迪十四岁，凯瑟琳十二岁，伯纳黛特三岁；另一间房里的丹尼尔九岁，哈维七岁，大卫五岁。他们的世界有大不相同的光景，很是其乐融融，常传出掩不住的嗤笑声，随兴演起的哑剧，以及压低了声音的枕头大战，他们入睡时，被窝里会有经常易手的漫画书和他们偷带去的饼干的碎屑。而“我们”这一侧就不一样了。两间房，只有一扇门，正如之前说的，父母出入都要经过我的房间。这样的结构的确是不尽如人意，父亲曾提出过要从门廊往他们房间开一扇门，然后将连通我们房间的这扇不合格的歪门彻底废置。但父亲大概也曾计划要将各房间的房梁和拱肋封掩起来，这后一件事同样也没有动静。冬天最冷的早晨，你抬头就能注意到银色的钉帽结起了霜，还能在寒冷到清澈的空气里看见自己的呼吸。

睡在走廊这一侧，让我自觉特别成熟，全然不属于弟弟妹妹那个隐约满是欢声笑语的世界。这大概跟我比第二年长的同辈还大三岁有些关系，当然将我跟他们分隔开的还有其他种种原因。我们都曾有一段时光睡在父母房间的婴儿床里，因为我最大，是最早搬出来的，所以就住到了旁边的这一间。他们将我放得如此之近，或许是因为我是他们第一个孩子，没有照顾婴孩、幼童的经验，所以更紧张些，担心得也更久。所以，自打我记事起，就已经独自躺在这张床里了。我之后是三个妹妹，与我最近的弟弟，丹尼尔，跟我差了九岁，已经算是难以逾越的鸿沟了。那时，父母似乎觉得没必要让丹尼尔跟我睡，或是让我们兄弟一起搬到对面去，可能是他们听惯了墙壁另一侧我的呼吸声，或者他们知道我知道很多事情，也了解他们的习惯，无奈只得信任我，把我看做他们的同辈，抑或更亲密些，当做他们的朋友？半夜醒来听到父母在隔壁做爱是件诡异而寂寞的事情，你甚至数得清来回的次数。然后你又会想到，他们其实知道你知道，但他们真的不清楚你知道多少。另外，你在揣测他们是什么时候知道你知道的，同样他们也在琢磨你是从何时起开始懂得了这些事情。过去四五年，我躺在那里，任情欲如海潮般冲刷我，除了那段肿胀的肌体，我还有其他的困扰，比方说同情父母必然会有的尴尬，也为我们家中那体无完肤的“个人隐私”而觉得可悲。当两人知道他们性生活的第一个成果正在几尺外收听实况，恐怕要再继续也很不容易吧。而且，我猜测，还有另外一件事情他们并不知道我已知晓。

是七年前爷爷告诉我的。那时我十岁，爷爷八十，春日融融，他一下午都在镇上的酒馆里，喝酒吐痰、拍桌子捶大腿，矿里伤残了四肢的朋友们抽着烟斗，爷爷的脑袋始终笼在烟雾里。当我背着包经过酒馆大门时，爷爷喊住我，如同我是辆小出租车，说他想回家。于是我们穿街过巷往回走，老头虽然脚步不稳，但奇怪的是腰板依然挺直，我在旁边就显得瘦小而窘迫。爷爷要我走在他旁边，但绝不许我动手扶他，因为那样会伤害他的尊严。

“我完全能自个儿走回家，詹姆斯，”他说话时也不低头，只有目光越过鼻尖和海狮胡落在我身上，“没有人在带我回家。我只是找个路伴儿而已。所以我走在这边，你就走你自己的，我们就像两个朋友出来散个步。不对，不是像，就是。”

可等我们绕进一条小巷，他就左臂撑着一幢房子的石头外墙，将额头抵在小臂上休息起来，右手开始摸索他的前襟。他这么站着，头顶着墙壁，脚离开墙角两英尺，活像几何课本里直角三角形的斜边。鞋子还踩在自己的尿液里，他就开始朝石墙里嘟囔，说他爱我，说他虽然那时藏在心里，但在我出生之前他就很爱我。

“你知道吗，”他说，“你妈不当心有了孩子的时候，我有多高兴啊，高兴得我自己都不好意思了。你奶奶那时可生气了，你外公外婆就知道哭，在那里绞着他们傻了吧唧的两双手。每次碰到他们，我都低头绕着走。我知道我该求老天宽恕，但这就是我一直以来向上帝祷告想要的结果啊。听到这事，我说：‘行了，他现在只能留下来娶她啦。因为他就是那样的男人。然后，他会接我的班，也算完成了一桩心愿。’”

这时，他的头从左臂上滑落，摇摇晃晃之中猛地转过来差点撞在我身上，好像刚知道我在他旁边一样。“天呐，”他一副受了惊吓的样子，“我这个自私的老糊涂蛋！我都干了些啥呀！刚刚的话当我没说过！”他一开始抓我肩膀太过用力，后来松开了些，可一路回家他那只大手都搭在我肩上，始终没有拿开。一入家门，他立马瘫进最靠门的那张椅子，几乎要哭出来：“我是不是告诉他了……我是不是告诉他了……”比他年轻十岁的奶奶突然警觉起来，马上走近他逼问：“你告诉他啥了？”而他抬起双手，又任由双手跌落回大腿上，似乎在说事情已不可挽回。“你知道的。你知道的。”他似乎真的吓坏了。

“回家去吧，詹姆斯，”奶奶的语气平静温和，虽然我知道她心里肯定气坏了，“这人上了年纪，你不用睬他。他这一辈子都没弄明白什么时候该闭上嘴巴，什么时候该拴起裤子。”我转身离开的时候，注意到他之前撒了尿还没拉上拉链，内裤都没扯正。

之后这件事再没人提过，但爷爷奶奶一个如此惊恐、一个如此愤怒，我就知道那一定是真的，因为若不是真事，他们的反应从来没有那么激烈过。于是，我就不再去探究真伪；而有了这层额外的讯息，躺在那里听见你弟弟妹妹“从无到有”的声音，就更奇怪了。一来是你好像也参与了这个过程，二来是你知道你自己的起始是不同的，至少不是在那张床上。我想象过相片里老式车的后座，被拆除的舞厅背面的草坡，或是海边的沙滩。我总愿意相信，怀上我对于他俩来说是不同的，那时曾有欢欣，而不只是无动于衷的释放。但我们每个人估计都愿意自己是爱的衍生，而不只是添置的必需品，都希望在那次勃起之前，是和睦与满足。当然，我的想象恐怕和事实不符，就如同我对很多事情所做的揣测一样，或许我对他们当下的感受也一无所知，更不用提彼时的情形了。

但今天以后，或许这些事我再不需要费神了。我如囚徒般从小到大都拘禁在布雷顿角岛上这个污浊的煤矿小镇，终于，这一切都能抛诸脑后了。我认定世上任何地方都好过这些破败的煤矿、这些烟黑色的屋舍，特别是近几年来，这些想法在我心中愈发鲜明。它似乎跟我对性的渴望同时兴起，与情欲相仿，只要第一波浪潮涌来，就只会随着时光推移，与日俱增。我一定不能成为第二个父亲，我一定不能和此时在楼下的父亲一样，盖个水壶要乒乓作响，好似他有什么急事，有什么地方要他急着赶去。只不过，他其实无处可去。

我也不能变成爷爷，他九十多了，老态龙钟，每日只是坐在窗前祷告，偶有清醒的时刻，想起的也只是他自己在矿上的壮举。他喜欢讲的故事里，总有他与父亲立的木桩如何挺直；当然，时过境迁，矿下他建的那些巷道都快坍塌了，那时他六十二，父亲二十五，而我还没出生。

爷爷退休那是很久很久以前的事了，他出过力的那些大矿，虽然在他的回忆里如此诗情画意，但实际上都已停工。三月初以来，父亲也没有再干活，而且他自己不愿待在家里，所以见到他更让我们每个人都难以放松下来。特别是正值暑假，屋子里人声鼎沸，这种紧张感更被加剧，无处可以排遣。今天一早，听他来回走动、大声地摆弄着炉盖，假装他不得不如此，假装他正手忙脚乱因为哪里正需要他，我就觉得和父亲之间隔着一道辽阔而潋滟的海湾；同样遥远的还有那个初为人父的他，会让我骑在他肩膀上，带我去杂货铺买冰淇淋，去看我看不懂的棒球比赛。他还会带我去矿场让我摸摸那里的马，甚至让我坐上那宽广柔和的马背。我们靠近的时候，父亲会跟马儿轻声说话，让它们知道我们的方位，这样他伸手触碰它们，马儿才不会受惊吓。这些马都是看不见的。它们在矿下劳作过久，已经不识光亮为何物，而后，黑暗的工作环境也成了它们的整个世界。

可现在，即使父亲空闲下来，他也不会再和弟弟妹妹去做这些事情了。他老了，头发也白了，除了右手少掉的手指，有一次，钻头失灵，在他发际线处留下一道伤疤，一直延伸到右脸，如同一道凶残的闪电。晚上，我听到他的咳嗽和大声喘息，都是因为煤矿在他肺里积下的岩粉。他在恶劣的煤矿里吸了太多恶劣的空气，这些咳嗽或许也表明，他的寿命怕是不会太长了。走廊对面的弟弟妹妹，等到他们也十八岁的时候，怕是不能像我一样听到他摆弄炉子的声音了。

我最后一次仰面躺在这里，想起在地下第一次趴在父亲旁边。那是一个海底的非法小型煤矿，父亲从前一年的十一月开始在那里干活。学期结束，我就去找他，跟他一起干了几个礼拜，我们结束的时候，那个小矿也最终关掉了。我自己也没有想到，在那里干活我还挺自豪的，爷爷难得清醒，说："一旦开始，你就停不下来了。地下的水你喝上一口，就会一直再想回去喝。那种水会渗进你的血液里。我们的血管里都有。我们家从一八七三年开始干煤矿一直干到现在。"

那个小矿付的工钱很少，装备和通风都很糟糕，而且因为本身就是非法的，也无任何安全规章可循。第一天，我们匍匐在煤块和页岩碎片上，水从我们四面渗出，又好像要渗进我们的身体，而且只要我们不像鼹鼠一般向前爬行，寒气就立马侵入骨髓，从不留情。那时候，我真觉得自己很难活着出去了。我们先要用钻帮和钻头，再用炸药，最后是镐头和铲子，开采一条很窄的煤层。我们爬行的矿道不足一米高，而父亲早已练就成机器一般，只顾往后铲着煤，而我也干不了什么，只是遵照父亲的嘱咐，不去担心巷道会塌下，不去害怕老鼠蹭我的脸，不去管我的腿、肚子和蛋蛋因为浸水都已经没了知觉，也试图忘记因为粉尘我几乎没法呼吸，而即使呼吸到了空气，那也是二手的了。

有次我感到一样什么东西从我身边呼啸而来，在我灯的光亮中见到父亲的扳手在我头顶画了一个弧，砸在我身前一臂远的地方，吱嘎一声异常尖利。于是我就看到这只躺在我眼前几英寸的老鼠。它的头已被砸碎，溅在煤块上扳手上，却还在兀自呻吟。而它抽搐的两腿间，淌出一股黄色的尿液，虽然转眼就流尽了。父亲撂下扳手，拎起还未死透的老鼠的尾巴，粗暴地将它朝后甩去，我们就听到它在墙上弹开，又啪的一声落进水里。父亲咬牙切齿地骂了句“狗娘养的脏东西”，接着把扳手在墙上抹了抹。我和父亲都不再动，躺下休息了一会儿，两个人一同在黑暗和潮湿中抵受寒意。

说起来也奇怪，我有时分不清为何我一定要离开，是我真的深恶痛绝此间的万事，还只是因为那个煤矿都已经不在，而尽管其糟糕如此，或许去一个你厌憎的地方也好过无处可去。也正是这一点让父亲越来越紧张，因为多年来，他一直把自己的身体当做一辆开足马力的汽车，而现在，伤损累累、行将报废，这副躯壳的用处也所剩无几了：除了性爱，他只会去海边或山里散步，而那与其说是散步，不如说往往是全身紧绷的疾行。等散步也不管用了，他就靠朗姆酒让自己失去知觉，而后朋友们会带他回来，一进厨房门就把他扔在地下，任由他双腿还交缠着被自己压在身下。我和母亲再半背半拖，将他运到饭厅另一头的楼梯口，然后心里默数，把他一级一级地搬上十四级台阶。这些步骤也不是每次都能完成的。有一回，他一拳击碎了饭厅的窗玻璃，挥舞着他那依旧攥紧的拳头，猩红的鲜血甩得到处都是：地板上、墙纸上、窗帘上、餐盘上、傻气可悲的玩具娃娃上、涂色书上和餐桌上一本《远大前程》上；整个饭厅变成了我和他的摔跤场。当他终于被制服，拳头也松开了，我们还得毕恭毕敬地请他再握拳，好把鲜红到刺眼的碘酒泼进他的伤口里，同时用镊子寻觅碎玻璃的银光。那时我们都祈祷，包括他自己，希望肌腱没有坏，也不要有感染，因为那是他唯一能用的手了，在凶险莫测的汪洋里，我们所有人都是那只手上岌岌可危的乘客。

有时候他喝得实在太醉，我和母亲没法把他弄到里间，就只好把他留在我的床上。在他挥舞的拳脚和吼出的污言秽语中，我们竭尽所能，希望至少能把他的鞋子脱掉，把他的衣领、皮带、裤腰解开。这样的日子，我只能整夜躺在他的身边，忍受着朗姆酒令人作呕的黏稠、甜腻的气味，耳朵里都是他难以辨认、不成语句的梦话，以及他忽高忽低的呼噜声和喉咙里的痰所引起的骇人抽噎。有时他还会出其不意向两侧挥开手臂，有次他的小臂正中我的鼻梁，顿时眼泪和鼻血同时涌出，我只有将床单塞进嘴里，才把已经冲到嗓子眼的嚎叫又堵了回去。

可所有的风暴都会消减成几阵强风，又终归于平静。或许没有风暴和强风，我们便得不了任何平静，又或许平静一定要前者的铺垫，才显出它本来的面貌。所以，他有时半夜一两点钟醒来，我会感觉到那种无可比拟的宁谧如同静穆的大海，也只有在那种时刻，我依稀辨出那个让我骑在肩头的男人。我会起来，在这安睡的屋子里，走下楼去给他倒杯牛奶：醉酒之后舌头厚重，喝口牛奶会好些，喉头的燥热也能缓解。他会说谢谢，说他很抱歉，我会说没事，告诉他真的没什么好抱歉的。他说他抱歉的是他总是这副样子，抱歉他能给我的这么少。但他又说，既然他不能给我什么，他也会努力不向我索取。他说我是自由的，我不欠父母任何东西。可能这番话就已经是很慷慨的赠予了，因为这里很多像我这样的年轻人，至少曾经有活干的时候，很早就会去工作，并不是每个人都上得了高中，更别说高中毕业。或许，不算他给我的生命，让我完成高中学业已经是他的馈赠了。

不过这些也已经过去了，我想，这里的生活和曾经的高中。这个念头让我一下子变清醒，意识到我刚刚是不是又睡着了。因为虽然我觉得自己一直在注意着，但很显然母亲已经穿过房间，在楼下准备早餐了。今天，这最后一天，至少我不用装睡了，对此我还是感激的。

我迅速行动起来，拿出藏在床垫下面的一个破旧的背包。这个包是父亲年轻时用的。“那个旧背包我什么时候用一下行吗？”几个月前，我尽力用随便的语气问他，好比我的准备工作是为了一个无趣的野营。“随便啊。”他答得很平和，一副并不在意的样子。

我安静地整理行囊，用我的圆珠笔给所列的事项打钩，我本来枕头底下有个信封，条目都写在它背面。四条内裤，四条长裤，四件衬衫，一块毛巾，几块手帕，一件华达呢的外套，一件塑料雨衣和一个剃须套装。只有最后一样是新的，从来没有用过，吉列生产的最便宜的一种。我之前用的都是父亲的剃须刀，因为多年不换，不仅有些损坏，还泛着铜绿。如今算起，我用它也很多年了，有时甚至用得过于勤奋，因为细究起来好像我的胡子长得并没有那么快。

下楼的时候对面两个房间还没有动静，对此我更是感激得不得了。因为是第一次，所以我并不知道该如何去道别，也因为心里没底，所以希望在场的人越少越好。但谁知道呢，或许我告别起来很在行也说不定。我把背包放在第二级台阶上，让它不至于太过显眼，然后走进了厨房。母亲在灶前忙着，父亲背对着厨房，望着窗外。那里能见到的，有青灰色的煤渣堆、只剩骨架的废弃卸煤车，以及波涛滚滚的大海。见到我他们并不惊讶，因为平常就是如此，我们三个人，安静的早晨。不过我今天必须集中精神，在只有我们三个的短暂间歇里，把要说的话说完。“我想今天就走了。”我尽力把这话说得随意。只有母亲拨柴火的节奏略微改变，表示她听到了，父亲依然站在那里，望向窗外的大海。“我觉得，我现在就走吧，”我补充道，我的声音越来越轻，“不用等他们起来了，这样更容易些。”

水开了，母亲像在拖延时间一般，把水壶移到灶子后面，转过来问：“你要去哪儿？盲河镇吗？”

母亲的反应与我预料的太过不同，以至于我莫名有些麻木。我不知为何觉得她会吃惊，会讶异，甚至错愕，但她完全没有。她提到的盲河镇，是安大略北部众多铀矿的中心，我脑海里从来就没有想到过它。母亲似乎不但知道我要离去，甚至还给我安排好了路线，指定了终点。这让我想起在学校读到的，狄更斯的母亲如何支持他去鞋油厂工作，以及他自己对此的看法。他母亲所拥护的人生在他看来是如此可怖，而且与他自己向往的人生相比又是如此的不堪。

父亲从窗口转过来，说：“你今天刚满十八岁，也许，再等等看吧。也许马上就有活儿了。”但从他眼里我见不到他说这些话有什么底气，因为他也明白，等待中百无聊赖已算是好过的，其中还有绝望无助才难熬。父亲的反应也让我莫名地失望和愤怒，因为我总觉得他们会歇斯底里地挽留我，而我则要表现得坚定决绝。

“有什么好等的?”我问了个没有意义的问题，而且我也知道答案是明摆着的。“你为什么要我留在这儿?”

“你会错意了，”父亲说，“你要走的话，你当然是自由的。我们没有要求你，更不会强迫你做什么。我只是说，你也未必‘一定’要现在走。”

突然，“走”这件事变得刻不容缓，因为看情况，只会越来越糟。因此我说道：“再见了。我会写信的，但不会是在盲河镇。”最后那小半句话几乎是下意识地想取笑一下母亲。

我去拿了背包，重新穿过屋子，出了房门，甚至到了大路上。父亲一直送我到外面的大门口，母亲说：“我本来还打算今天做个生日蛋糕的……”她犹豫着不往下说了，未完的句子飘散在早晨的空气里。她在试图弥补之前的话，拼命要把话题转回到我的生日上去。父亲说：“你该去那边家里看看，你要是下次还回来，说不定他们就不在了。”

走去“那边家里”不过半个街区，从我记事起，一直是爷爷奶奶住的地方。不管我们当中有谁遭了些风吹雨打，总可以把那里当避风港。父亲说他们不会永远等在那里，突然指出了一件我从未真正想过的事情。那幢老房子因为年复一年的煤灰而变得黑黢黢的，我沿着陈旧的大街向它走去，只顾虑脚下积灰的路面和填满煤渣的坑陷，心中有些惶惶不安。这时还不到七点，我就像早起的送奶工，只不过我没有牛奶可送，只是挨家挨户在他们安静的门口放下告别。

进了屋子，爷爷在窗边抽着烟斗，用他扭曲的手指拨着念珠，他那两双手受过的大伤，怕他自己也记不清了。他越来越聋也有一段时间了，我进门之后把门关上，他都没有转过头来。我决定不从他开始。要是先找他，那就意味着要大喊大叫，不断重复，我估计我此刻没有这个心力。奶奶跟母亲一样，也在灶旁忙活。她身材高大，头发花白，虽然快八十了，体态依然威严。她的手有力到几乎不像是女子，而且虽然不胖，却一直显得很魁梧，腿脚也很灵便。这把年纪了，她还是来去轻捷，耳聪目明。

“我今天要走了。”我说得尽量简洁。

她又加了把劲拨了拨柴火，回答我：“也好。这里谁都没活干。这里向来就这样。”

奶奶说话从来没改掉她年轻时盖尔语的口音，而且喜欢用事不关已的第三人称，我一直跟她说，要她革新。

“詹姆斯，你过来。”她说着，把我带到食品储藏室。她以令人惊叹的敏捷身手，爬到一个椅子上，从碗橱最高层取下一个年代久远的大糖缸，上面还有裂纹。里面有些裹在灰尘里的明信片，几张褪色的、一碰就像要粉碎的黄色的工资单，还有两封信，用根鞋带绑着。明信片和工资单上的地名纷纷跃过尘埃和流年的鸿沟，朝我涌来：斯普林希尔、斯克兰顿、威尔克斯-巴里、耶洛奈夫、不列颠比奇、比尤特、弗吉尼亚城、埃斯卡诺巴、萨德伯里、怀特霍斯、德拉姆黑勒、肯塔基州哈伦、西弗吉尼亚州埃尔金斯、不列颠哥伦比亚省弗尼、科罗拉多州特立尼达——煤和金矿，铜和铅，金和铁，镍、金和煤。东，西，北，南，纪念品和寄来的问候。那些地方年幼如我，年长如祖母，都没有听过。

“这么些个地方，你父亲其实都只在地底下，”奶奶夹着怒气说，“他离开这里之前，回来这里之后，也是一样。我们死了之后，恐怕有的是时间待在那里，人还活着，何必一门心思往下钻。”

“不过，话说回来，”奶奶静了片刻，语气也严肃起来，“这终究是他擅长的、想干的事情，只不过是我不想让他干罢了，至少不是在这儿。”

她解开鞋带，给我看那两封信。第一封信的邮戳是一九三八年三月十二日，寄往“爱达荷州凯洛格”，“存局候领”：“我老了，要是你能回来接替我，我会很开心的。煤层还能采很多年。很久都没死过人了。条件越来越好。天气温和，我们都好。别费事回信了。回来就行。我们等你。爱你的父亲。”

第二封同样是“存局候领”，“寄往爱达荷州凯洛格”：“别听他的。一旦回来，你就再也走不了了。这里的人生算什么人生。他们说再过几年煤层就完蛋了。爱你的母亲。”

之前我从未见过爷爷的笔迹，虽然我知道他可以阅读，但出于某种原因，我总觉得他不懂写字。现在想来，大概是因为他的手受过严重的伤，扭曲变形，再加上年岁增长，越来越难以控制，想必是完不成“书写”这么精巧的任务的。

这两封信用的是同样的粗头钢笔，而墨水也同样黑到我没有见过。从某种角度说，这两封信就如同一对势不两立的老夫妻，互相抵消了对方的期望，却被一根满是灰尘的破鞋带绑到了一起。

我从食品储藏室里出来，走到爷爷坐着的窗口。“我今天要走了。”我俯身大喊。

“哦是吗。”他说，不置可否，眼睛还是望着窗外，手指也还在拨弄念珠。他没有动，只有烟从烟斗袅袅升起，咬着烟斗的两排牙齿破败不堪，颜色也污秽得吓人。最近他喜欢上了说“哦是吗”，回什么都用这句；其实是他发明出来掩饰听力不再的办法。此刻，我已辨不清他是听到了我的话，还是听得朦胧，或者干脆没有听见，只是给个万全的回应。我觉得如果要我再说一遍肯定无法保持平稳的语调，于是转身往外走。到门口的时候，发现爷爷拖着脚步跟在后面。

“别忘记回家，詹姆斯，”他说，“否则你永远会觉得缺了什么。一旦你喝了地下的水，它就成了你身体的一部分，就像男人留在女人身体里的血，能改变女人一辈子，永远摆脱不掉。那是男人的一部分在女人身体的最深处流淌啊。这种东西，能让你夜不能寐，到死都纠缠着你。”

他知道奶奶有多反感他这一套，所以试图说得很小声。但他耳背到快听不见自己的声音，所以就像很多聋子那样，基本上已经在大喊大叫。你几乎能听到他的嚷嚷声从他自家房子的墙上弹开，消隐在早晨明媚的日光中。我向爷爷伸出手，于是就觉得他有股扭曲残缺的力量传来，都快要把我的手掌给捏碎了。他手指都奇形怪状的，张开的拇指是扁的，显得过于宽阔，隆起的伤疤早被磨砺得又硬又黑，还有那些硕大异常的圆球，是他扭折错位的关节，但这又是一只力量骇人的手。有一瞬间我产生一个惊悚的念头：或许我是走不了的，我永远不会被释放了。但最后爷爷松开手，我觉得我自由了。

即使是坑坑洼洼的街道，当你意识到不知何日才能重踏，甚至今生不会再见时，也会显得落寞寂寥。我的背包太显眼，所以走的都是偏僻的小道，我怕与人交谈，也不愿试图解释，因为说什么怕都会是失败徒劳的。快出镇子的时候，我搭上一辆运煤车，沿着海岸线开了二十五英里。卡车太吵，再加上无比颠簸，司机要跟我聊天是不可能的。我很感谢这吞没我俩的喧嚣的沉默。

整个上午，我换了各式各样出乎意料的交通工具，经过一系列短途搭乘，到中午时，终于穿过布雷顿角岛边的坎索海峡，我的离家之旅才真正开始。只有将那个岛抛在身后，我才觉得可以使用我新的身份。这身份如同一件没有穿过的衣服，一直用心收藏在崭新的包装纸里。它让我变成一个温哥华人，这是我能想象的最遥远的地方。

我不知怎的总担心出不了布雷顿角，担心在最后一刻会有硕大无朋的触角，或者像爷爷那双恐怖的双手，将我揪住，把我拽回去。现在终于踏上了大陆，回头看布雷顿角，雾霭中耸起苍翠，白色的碎浪踏着海面一片蔚蓝。

大陆上搭到的第一次车是三个黑人开的蓝色道奇皮卡，车很破旧，车身上印着“新斯科舍省林肯维尔地区雷菲尔德·克莱科，小型货运”。他们要去新格拉斯哥，说大概要走八十英里，如果我愿意可以捎上我。他们又跟我说，因为他们的卡车有年头了，不能开快，我如果再等等可能会坐上更好的车。不过，他们又说了，我也不必傻等，反正快些慢些总是会到的。要是我实在受不了想下车，就捶他们驾驶室的顶盖。他们本也愿意让我坐在驾驶室里，但商用车驾驶室装四个人违法，他们不想招惹警察，那会很麻烦。我爬上车，坐在后面车斗里用过的备用轮胎上，卡车就开动了。日头已经很高，我把背包取下时，虽然看不见，但我明显感到有两大股汗流在我背上淌过、交汇。我终于意识到我从昨天晚饭之后就没吃过东西，饿坏了。

到了新格拉斯哥，他们在一个小加油站让我下了车。黑人朋友想继续帮忙，还给我指了路，告诉我去小镇西头怎么走最近。我必须穿过的小巷地上都是垃圾，油腻的汉堡包的味道从路边几家速食店飘出，里面的点歌机都开得实在太响；从半开半掩的门里，猫王的歌声和粗糙食物的酸腐味都被搡出到巷子里来。我很想歇一歇，但却总有一种不可理喻的紧迫感，总觉得这条单行道上的汽车都开向奇妙的终点，我怕我只要停下片刻脚步，去买个汉堡什么的，就会错过那辆值得我搭乘的车。汗水从我额头上流下来，刺痛我的眼睛，我也知道拜背包带子所赐，我背后两块深色的汗湿肯定是越来越宽了。

日头升至几乎最高的时候，公路的砾石停车道上，一辆红色的车靠边停了下来，司机斜身打开了副驾驶的车门。他是个体态相当臃肿的五十岁男人，通红的脸上一直在沁汗，湿漉漉的额头油光锃亮，黏着他那一小撮棕色的头发。外套横在后座上，他的衬衫口袋里有个笔囊，铅笔、钢笔林立。他的衬衫领口敞着，领带也扯开了，歪在一边；皮带和裤腰上的纽扣也都没系上。他肥硕的大腿已经把灰色的裤管撑满了，但因为出汗，看上去依然皱巴巴的。他的衬衫是白色的，汗水在腋窝暗暗地透出来，向前靠的时候，背上也有两大块湿迹。他的双手非常白皙，小得跟身材不成比例。

车子前进，路面闪烁，地上那根白线看得我出神。他时常抓起座位上一块污浊的手巾，先擦掉手心里的汗，再把方向盘上的黑色水光抹去。

“好家伙，这天可真够热的，”他说，“比地狱里的婊子都热。”

“是，”我说，“是很热。的确是热。”

“前面那个小破镇子，”他说，“你什么没干都能在里面转一个礼拜绕不出来。”

“是啊，这么个小镇子。”

“你也只是路过吗？”

“对，我要回温哥华。”

“哦，那你还远着呐，小兄弟，还远着呐。我还没去过温哥华，从来没去过比多伦多更往西的地方。我已经跟我公司讲了不知道多少回了，说我要往西边走，可他们就非要往这儿派我。一年三四回。天气从来都这么难受，像现在，热得跟地狱似的，换了冬天，又能把铜猴的蛋蛋给冻下来①。”这时他突然猛按喇叭，好似礼炮齐鸣，就因为他看到一个不知何去何从的十几岁姑娘正巧站在路边。

虽然车窗开着，但还是很热，而且因为车是红的，让这种感觉更加强烈。整个下午，道路在前方蜿蜒着，好比一条蛇鳞光闪闪地在前方的路上爬行，背后还留下一道恶心的白条纹。因为坡路和拐弯，我们就像被关在急沉急转的过山车里，随着车子所划的弧线东倒西斜，双脚还要时刻准备忍

① 英语俚语，此说法起源据称是海军存放炮弹的器具叫“铜猴”，天寒时金属收缩会让炮弹掉出。

受车底盘传来的力道。有时，我们猛然驰进小坑小谷，我常被吓得胸腹间好像掏空了一般，只有等车子又一下子爬上来，继续迂回前行，我才又找回我的五脏六腑。不时有昆虫“砰”的一声拍在车前的挡风玻璃上，瞬间化身作一摊黄色的污迹。车胎在滚烫的柏油路上嘶嘶作响，像是会在车后留下两道胎痕。我感觉不管是我腿上还是背上的衣服，都因为汗水贴在了皮肤上。我同伴的衬衫上不绝有新的汗湿浮现，面积也越来越大。他肩颈往椅背上一顶，庞大的身躯从湿透的椅垫上抬了起来，裤子本来就没系上，他把手深深地一直探到裆下。“让那儿也透透气，”他一边说一边调整自己生殖器的位置，“这内裤肯定是个印度佬做的，老往上收。”

整个下午的车程中我们都在聊天，主要是他聊，我听，不过我一点也不介意。这样的人我从前没有见过。他聊他的生意（工资多，回扣多，再加不少灰色交易），他的老板（又傻又混蛋，有个这么得力的人替他跑腿算他运气），他的家庭（一个妻子，一个儿子，一个女儿，每样一个正好），性（再多也不算多，他到死都不会厌），多伦多（每天都在扩张，今非昔比），以及税收（越来越高，物业都是自掏腰包，因为政府一直忙着在给富人减税）。他有说不完的话，而不论他说什么，我都从来没听过。他听上去那么自信，好像什么事他都一清二楚。你会觉得他对自己的无所不知很笃定，一切都在他的掌控之下，似乎他从来不曾犹豫、不需停顿、不会疲乏，甚至连思维也是不必的。他就像一台点唱机，有个神秘的源泉在给它供应无穷无尽的各种硬币。

村镇都飞快地向后退去。特鲁罗、格伦赫尔姆、文特沃思、牛津；蒸腾之中，一闪而过。不到三十英里，我们就可以出新斯科舍省了，我的同伴这样告诉我。我们正接近新不伦瑞克省的边界。又到了某条我将跨越的分野，而一旦跨越，又可将很多过去抛诸脑后，我的心境又成了精疲力竭却又如释重负的状态。这种情绪与离开布雷顿角时很像，只是加上今天的旅行，它没有之前那样清晰和轻盈了。这炎炎烈日，经过这番长途跋涉，的确有些疲惫不堪。

突然公路向左拐，迂回曲折都不见了，只从我们跟前延伸爬上长长的小山，大约半英里外可以望到山尖。我们开始爬坡后，两侧开始见到房舍，爬得越高，屋子越多，沿着山路散散地排开。

我的同伴又饶有节奏地鸣了一阵喇叭，因为他见到一个年轻姑娘和她母亲在踮着脚挺着背往绳上晾衣服。她们两人举着手在绳上忙着，在两人中间的地上放着个篮子，篮子里是洗好的衣服。她们嘴里都还咬着几个夹子，这样她们就不用每次放开绳子，下腰去拿。

“要我说，她们嘴里含错了玩意儿，该换，”他说，“第二轮可以考虑让那姑娘用下巴托着我的蛋蛋。”

为了看她们，他把车子开得很近，轮胎在路边的石子上咔嚓作响，终于，我们回到了正道上，清静了许多。

房子之间的距离逐渐缩短，墙色却更暗沉些，院子里都是孩子、自行车和小狗。我们似乎到了镇上一个主要路口，我注意到有好多女子裹着头巾匆匆走过，小男孩带着他们的书包和棒球手套，到处可见男人或坐或蹲紧紧聚成一堆。还有另外一些男人，也没坐着或蹲着，而是靠在墙上、倚在拐杖上，或是很吃力地靠假肢站着。这些就是所谓的老弱和伤残。他们的脸都枯瘦、灰黄，似乎接触阳光只是这两天的事情，而且为时已晚，再怎么晒也无法弥补了。

“没有比斯普林希尔更破的地方了，”我身边的人说道，“除非你是想找点乐子，那你就来对地方了。矿里很多事故，男人就死了。女人被干是司空见惯的事。矿区总是这样的。你看看那些小孩。说到私生率，新斯科舍这个小镇全国领先。没人在乎。”

我之前从来没有想过，听见“斯普林希尔”这个名字，同时又意识到这就是我所在的地方，居然会带给我如此的震动。或许我曾见过路标，学过地理，知道在“那里”有这么个地方，但在我脑海中，它从不会是“这里”。

我又想起一九五六年十一月的某天：家门口等着的那些引擎都没有关的老车，上面的泥泞都是路上翻起来的，而铁锈则是海风中带着的湿气的关系。它们正等着准备通宵达旦开往斯普林希尔。那时候，我十四岁，斯普林希尔是如此遥远，几乎只是一个名字，而不是一个地方。它们也在等着母亲用蜡纸和报纸包起的食物，以及装着咖啡和茶的暖瓶；另外，它们还在等着我的父亲和这个今天被我的汗水浸湿的背包，只不过当时这个包里装满的是矿工的衣物。父亲是去救援的，他们希望救援成功后，这些衣服能用得上。那些黑得永远也洗不干净的内衣裤、厚呢绒袜、脚尖有钢铁加固的靴子，还有发黑的、满是汗渍的皮带——两头因为挂矿灯而耷拉着，以及勾扳手、积满灰尘的空水袋、裤子、手套和因为多年承受落石而伤痕累累、满是缺口坑陷的安全帽。

爷爷整晚都把他那个更有用的耳朵贴在收音机上，等待地下矿工和救援队的消息。学校里，每个教室都有老师在募捐，黑板上一排大字："新斯科舍省斯普林希尔矿工救援基金"，告诉我们捐款的去向。我还记得妹妹们捐出存的五分、一毛、二毛五的硬币时不情愿的样子。高尚和死，这些概念在你十一岁、十岁、八岁的时候，没什么意义，你无法体会某个并不相识的孩子永远失去父亲的感受，你也无法想象他的父亲将不再走进家门，甚至没有尸体能放在沉重的棺材里被抬回来，供他瞻仰遗容。别人埋在地下的父亲，无从体认、遥不可及，远没有甘草糖和日场电影来的真切具体。

"跟你说，"我旁边有个声音说，"六个月之前我就在这儿，搞了个小胖女人。正抽插起劲的时候她突然哭起来，喊的是一个没听过的名字，肯定是她死掉的丈夫之类的。妈的可把我吓够呛。这是要闹鬼还是怎么着。我棍子都差点蔫了。可能已经蔫了，不过正好，我反正也快要射进去了。”

我们现在到了镇中心，下午将尽，眼见着暮色正在掩来。阳光已没那么毒辣，斜斜地抚过黑黢黢的房屋。很多都是薄壳建筑[①]，凄凉、阴沉、清苦，甚至有大火摧残过的痕迹。一个黑人女子，带着两个小男孩从我们面前穿过马路，小孩子的皮肤没那么黑。她捧着一袋采购的日用品，两个小男孩各有一瓶打开了的十六盎司装的百事可乐。他们都把手捂住瓶口，全神贯注地摇着瓶子，好让饮料嘶嘶地冒起泡来。

“这儿很多人都娶了黑鬼，”那个声音又说，“大概是地底下每个人都那么黑，见了光也辨不出来了。他们不是说吗，关了灯都一样。几年前爆炸过，有些家伙就在下面出不来，我也不知道关了多久。把死人留下的午餐吃了，然后就剥木料的皮来啃，喝别人的尿。乔治亚有个人说，只要是救上来的，他就出钱请他们去乔治亚旅游。不过救上来的有个黑鬼，那个乔治亚的就说黑鬼不能带。结果其他人也不肯去了。要是因为我的公司有个黑鬼，黄了我去乔治亚的旅游，我可要骂娘了。我不是说过吗，我老得都能当你爹，当你爷爷了，可连温哥华都没去过。”

---

① 用料较少、利用拱形加固房屋的建筑。

他现在说的是一九五八年的事了，相比一九五六年的事故，一九五八年的那次在我头脑中要清晰很多。生命中若发生大事，十四岁和十六岁之间的差别还是不小的。很多精准或模糊的讯息逐个闪过，我之前甚至没想到它们还存留在我记忆里：一九五八年的爆炸是在一个星期四，和一九五六年的一样；“康伯兰二号”爆炸之前是整个北美最深的煤矿；一八九一年，就在这个矿，一百二十五个人殉难；一九五八年那个晚上，一百七十四人下了矿井，他们判断绝大多数无法生还。在被一千吨土石压了一周之后，有十八个人得救。曾经，“康伯兰二号”有九百个雇工；现在，零。

我又记起那些我家门口响着引擎的车子，那些打包的食物、装备和一周的等待；记起学校的募捐，爷爷和他的收音机，以及这次因为邻居家的电视而让现实多出的另一个维度；同时，还有我们被消了音的生活，突然连走路都没了脚步声。后来，父亲带着他如同鬼魅般惨白的脸回来了。等更年幼的弟弟妹妹睡下，我们低声交谈，关于泄露的瓦斯、稀薄的氧气和喷吐的火焰——火势因为地下黑暗中历经千年的钻石煤矿①滋养，更显嚣狂。还有找到的矿工的残体：如果他们死于塌下的石顶，尸体往往已被压扁砸烂；如果是被爆

① 原文为diamond coal。或许是小说笔法，但民间以为在一定条件下，煤矿会转化为钻石，在现实中几乎是不可能的。当然在矿灯的闪烁下，煤矿的确会像钻石一样反射光芒。

炸轰散的，他们就变成永远无法追回的碎片，挂在扭曲的管子、尖刺上，手、足、面孔、生殖器官、扯断的肠子、犹带毛发的皮肉，就像圣诞树上悬着诡谲的饰物。人被分解成可怖的拼图，只是这拼图是永远完不成的了。

“我不知道这里的人平常都在干吗?”我身边的声音又说，“他们都该出去，像我们其他人一样去工作。政府想把他们安置到其他地方去，但甚至多伦多那样的地方他们都不愿待。他们都一个个滚回他们的这个坟场，就像公狗发了情总绕着母狗转。他们其实就是怂。”

红色的汽车停了下来，旁边是家杂货店，在我看来镇上估计也不会再有第二家了。“我就在这儿歇会儿吧。我有点吃不消了，要换换口味。干了这么多活儿不放松一下肯定不行。我进去碰碰运气，就一会儿。他们不是说吗：亡羊补牢不如未雨绸缪。”

他关门的时候加了一句：“等会儿你也一起来吧。一般都会有剩的。”

我们现在所处的地方和他将要干的事情如此实在地朝我头顶压迫下来，如同片刻前还在我脑海中的那些坍塌的矿顶。尽管天气依旧闷热，我还是摇起了车窗。街上的人漫不经心地朝这边看，看这辆过于鲜红的汽车，看那块安大略省的车牌，看我。我在他们脸上见到了爷爷的表情，见到了成百上千在我过往人生中出现过的人们的表情，甚至我自己，也曾遇见过这样的车子，而从玻璃和镜子的反光中看到同样的神色。此刻的情形是，我根本不属于他们的生活，我只是被装在这个半红半透明的移动展示盒里面，在他们铺满悲怆的街道逗留片刻，然后就会消失，而他们的生活依然如故，不会有任何改变，我只是与他们无涉地穿过他们的生活。又一条无关紧要的河流携着漂浮的残骸匆匆而去，只有河岸是永恒的。水流会转向不知名的去处，那块残骸的终点他们从未涉足，也无法前往。在那一瞥之间，已足够让他们把我归纳，然后轻描淡写把我挡在他们的世界之外："我们的九死一生，我们坟冢里的那些亡灵，他能懂得些什么？"

念及此，我突然懂得这种避繁就简的可恶，心中无比郁塞。因为我知道，不仅是在这炙烤难耐的一天，在我并不算长的人生中，我也一直在犯这样的过错。只是现在变本加厉地成为两种成见的受害者，我才终于有所悟。我之前不知怎的总以为"离开"是外在的，它只是位移，只是标签，比如我毫不费力就挂在嘴边的"温哥华"。或者，"离开"只是跨过水域，穿过边境，而且，只因为父亲曾说我是"自由"的，我便信以为真了。多轻巧。我终于明白，我过往人生中的那些长者，比我对他们的判断要复杂得多。爷爷感性、浪漫、热爱煤矿，奶奶严厉、实际、痛恨煤矿。不是没有区别的。母亲缄默坚强、淡然顺服，父亲急躁，常因此粗暴得不着边际，却又有他不着言辞的深情。他们是如此的不同，但都以某种方式承受着，并将过去这十八年赋在我的身上；而除此之外，我并不知其他的生活和世界。他们的生命淌进我的生命，而我的生命，亦是他们的支流。其中自然有不同，但在很多方面却比我原以为的，要相似得多。我现在觉得一个人或许可以活在两种生命里，但见到同样的真相。比方说，我现在所坐的这辆半透明车的车主，他所见到的只是相似之处罢了，对他来说，在这一片狼藉的小镇上，居民等同于几个词组，或仅仅只是性爱的机会，他们只是整齐划一的金鱼，囚禁在他们透明的金鱼缸中，过着整齐划一、不可理喻的生活。而街上的人透过车玻璃看我也是一样的。曾几何时，我也如此看待那些“外国牌照”车子里的过客，我也曾下过类似的判断。可这些街上的人和这辆车的车主，他们似乎都没有恶意，而彼此不能互相懂得，也绝非是因为生性歹毒。恐怕最要紧的还是要坦诚。可能是我太努力想去成为另外一个人，结果都没有搞清楚我自己此刻究竟是谁。我不知道。我不确定。但我很确信我不能跟着这个男人进这幢房子，因为这房子和我今天早上离开的几乎没有差别，我不能像他一样接受别人的投怀送抱，因为那个女子就像是我的母亲。我不知道当我父亲来去如风的身形消逝，他被酒精冲乱的心跳声静止时，她，我的母亲，会怎样。因为我不知道父亲什么时候会死。我也不知道于怎样的黑暗中她将向谁喊出父亲的名字。我好像没有一件事是真正知道的，但我真的懂得了我的过错：面对他人和自己，我不够坦诚。或许这个开车的人在我灵魂上留下了痕迹，才让我见到原来我有这样一颗灵魂。

在斯普林希尔的边缘，两束向前推进的车灯光落在我身上。它靠边停了，我爬进后座。我进车后不见把手，关不上车门，只好去拽那个用来摇车窗的曲柄，我甚至有些担心连它也会被我拔下来。前座有两个人，我只能见到他们后脑的轮廓，所以看不出来他们是干吗的。即使是坐在我旁边的这位，大半个人也是隐去的。他很高，很瘦，但因为看不清脸，所以说他是三十岁到五十岁都有可能。他脚边有两袋采矿工具，我也把包放在那儿，因为其他也没什么地方可放了。

“你是哪儿的人？”车开动后他问。“布雷顿角。”我说，然后告诉他我是哪一家的。

“我们也从那儿过来，”他说，“不过是岛的另外一头。你那边我估计矿都完了吧。都是很老的矿了。我们那边也差不多了。你现在去哪儿？”

“我不知道，”我说，“我不知道。”

“我们现在去盲河镇，”他说，“要是盲河镇干不下去我们还听说科罗拉多发现了铀，已经准备打桩了。我们大概会再去那儿碰碰运气。这车太旧，估计到不了科罗拉多。不过要是你想一起去，欢迎同行。我们至少可以带你一段。”

“我不知道，”我说，“我不知道。我得想想。我得自己先拿个主意。”

车子前行，朝着夜色。车头灯寻觅着那条诱人的白线，白线隐隐抬起，似乎在拖着我们向前、向上、向着某个深处，而我们只顾追随，追进无边的黑暗中。

“我猜你们一家在那边的矿上有年头了吧？”我身边的声音问道。

“是啊，”我说，“从一八七三年开始的。”

“操他妈的，”他停顿了片刻后说道，“你好像整个人都颓了，肯定是伤透心了吧。”

海风中失落的血色馈赠

暮色渐浓，夕阳给万物抹上金光。没有棱角的灰石向着它们念想的欧罗巴赫然耸起，也漾在这片晚照中。落日信手点染的，还有未长成的云杉、往低处藏躲的地衣、精致而不失刚健的蕨类、根茎如神经般虬结的苔藓、瘦小而强硬的越橘。灰暗的雨飑斜斜地从海上扫来，又骤然远去，不由分说得如同趁人不备的劫掠者；所过之处，所向之地，尽管仓促，都转眼间湿透了。此时，透彻的水珠捕获余晖，把彩虹的万般旖旎都收纳承托起来。港口之外的远方，陆地不可及之处，酝酿着的小暴风雨正在迅捷地逼近。那里海的蔚蓝都暗淡成灰色了，因为雨，因为距离，因为目光也会疲惫的。更远的，斯皮尔角[①]之外，有都柏林和爱尔兰的海岸；它们很遥远，但依然是距离最近的陆地，比多伦多和底特律要近，更不用提北美那些更靠西的城市了。它们隔着想象的雾

① 斯皮尔角位于加拿大东部纽芬兰省省会圣约翰斯附近的阿瓦隆半岛，是加拿大最东面的海角。纽芬兰省由纽芬兰岛和拉布拉多半岛组成，全称纽芬兰和拉布拉多省。

霭似乎都能朦朦胧胧地望见。

头顶，象牙色的海鸥回旋嘶鸣，在纯粹的阳光和被涤净的清新空气中闪耀。有时它们滑翔至港中的青色水面上，尖声聒噪；有时它们甚至能依靠粉红色的脚蹼立于水中，好似在水上行走，还会浮夸地在胸前扇动翅膀，活脱脱一群练过了头的“真汉子”，刚刚圆满完成了他们的肌肉塑形教程；还有些时候，它们慵懒地聚在海港入口处的石堆上，或絮絮自语，或宁谧地望向远处，朝着爱尔兰和茫茫海水的方向。

港口自身不大，海岸的弧线也柔和，像个小小的、平静的子宫，培养着在外部发生、现在进入其中的生命。就从那石壁夹岸的狭窄通道中来，那个海水进出的关卡。此刻，海水又来了，挤进逼仄的入口时并不粗鲁，因为结果是注定的，它冲刷着两侧的石墙，起落翻滚着抵达了内湾。小渔舟在系泊处升高，海浪打在木桩上溅起，它们向前推进触及陆地，朝着高水位线攀爬。这就是月亮牵引的春潮。

绕着港口，鲜艳明亮的房屋点缀在潮湿、发光的石堆间。从某些方面看，这些房子甚至很像乐观到目空一切的马掌钉：黄色的、猩红的、绿色的、粉色的，活泼却又决绝、永恒地钉入那些不会碎裂的灰色巨石中。

就在海水出入港口的地方，一群小男孩正在用“汲钓法”捕捉浅橙色的犬牙石首鱼，鱼身上的斑纹很是华美。赤脚踩在浪涛打湿的岩石上，只见他们一甩手腕，就将一根根闪亮的鱼线送去潮水中，划出金灿灿的弧形。他们因为激动提高了嗓音，互相之间的鼓励、建议和安慰都很响亮。这种鱼侧身被拖向石堆时，花斑极为耀眼，在海中看起来光彩如同银辉流动。

我站在两千五百里旅程的最后一个路口，眼前所见的，也就是这些了。我的旅程在这里结束了，“这里”确切地说是一个废弃的捕鱼小棚屋，就在我身前六码之外。这个棚屋是灰色的，满是风吹雨打的痕迹，两个窗子被钉了起来，而木瓦抵挡不住烈风，已所剩无几。一扇扭曲的门上牢牢拴着一个沉重的挂锁，在门和同样扭曲的门框前有一堆浮标、一小捆破烂的绳子、一个损坏了的船桨和一个锈迹斑驳的旧锚。

我坐在租来的小型大众车里，还是可以选择开完最后的六码，然后把方向盘打上无数个来回，从那个棘手的弯里绕出来。这样，我又可以面朝我来时的方向，像我来时一样简单地原路返回了。我就可以在任何事情发生之前轻松地离开了。

可是我步行走过了那个路口，走过捕鱼棚，走上一条从悬崖边缘曲折绕向大海的狭窄石径。石子滚动、翻转，刮擦着我的鞋底和鞋身，不出几步，皮鞋就满是伤痕了。我的脚趾重重地压在弯折的鞋底上。

我接近真正的海边时，四个男孩在亮晶晶的石头上激动地跳跃着。其中一个得手了，正在努力收线，要拿到他泛着银光的战利品。其他三个已经放下鱼竿，呐喊助威，甚至快要真的伸手帮忙了。“约翰，别让它跑了。”他们嚷着。“绳子别晃。”“竿子那头不能放下来。”“把绳子收紧了啊。”“就这样。”“太娘了你！”

隔着港里清澈的海水，海港那头还听得到六七个孩子同样的欣喜若狂的呼喊。泛着银光的鱼被拖向岩石。浅水处那翻腾、飞掠的鱼，用闪亮的身体划开水面，好似在用鱼尾行走。这个小渔夫的鱼竿几乎完全与海面垂直了。鱼竿顶端在高处颤动和吟唱，鳟鱼在脚下旋转和扭动。用力抓竿的双手在关节处泛出白色，而因为海水的冲刷，这些孩子手上的皮肤本来就都是红的。他正犹豫着是该放开鱼竿用手去抓那条扑腾的鱼，还是把竿子往后一甩，把鱼甩到身后去。突然他决定选择后者，可就在他要甩竿子的时候，石上太滑，他一下跌进了水里。鳟鱼在空中像芭蕾舞者一样闪亮转身，挣脱了鱼钩，只见暗绿中急促的一闪，在失而复得的水里它调整了身姿，消失不见了。“妈的！”小渔夫骂道，又在石头上站起身来。他咬着下嘴唇，不让眼眶里涌起的泪水流出来。他的手腕内侧还划开了一个不起眼的口子，一小股鲜血正往下淌；而且他膝盖以下全湿了。我蹲下去把竿子捡起来，还给了他。

只听得海港那头响起一声呼喊，鱼线噌的在水中扯紧了，震出一大串灿烂的水珠。呼喊声和互相传染的兴奋之情又重新散播开来。“别让它逃了！”“好样的。”“顶住！”“顶住！”

我也情不自禁地想要喊几句很有激情的建议给他们，但我不知道该喊些什么。鳟鱼从水中飞起，画着一条歪歪扭扭的弧线就落到了孩子们身后的苔藓中，这些植被一直延伸到被海水冲洗过的石堆边。他们飞奔去把鱼从线上卸下，一边赞叹着鱼的个头。

在我们这边，孩子跟我聊起天来。“你住在什么地方？”他们问。他们还想知道那里远不远，和圣约翰斯相比哪个更大。我很尴尬地跟他们解释“北美中西部”是怎么回事。轮到我发问时，我问他们是否上学。“上啊。”他们说。他们有些人上“圣文德”，这是个天主教学校，还有些人上的是“特威林纪念学校”，都是四五年级，而且都说喜欢上学，喜欢他们的老师。

他们告诉我现在是钓鱼的好时节，他们每天晚上都来。“昨天我给自己钓了条九磅重的大鱼。”约翰说。他们都很着急要给我展示他们简单的设备。鱼竿五花八门，鱼线也是如此。鱼线尾端的接钩绳是细细的透明线，连接着奇形怪状的三锚钩。离鱼钩一尺远的地方，他们在接钩绳上系了个银色的钉子。有些男孩子说海鳟是被钉子的银光所吸引，另外的一些说钉子只是用来当个重体或坠子。每根鱼线上都有这么个东西。

“来吧，先生，”约翰说，“试一下。别把您的鞋子弄湿了。”穿着我的软底鞋站在石头上，我两次很不利索地试着抛绳。两次都抛得过高，钉子落下的时候，离水流中奔腾的生命都还相去甚远。

“就是靠手腕这么一甩，先生，”他说，“甩手腕。你很快会找着窍门的。”他长着红色的鬈发，脸上洒满了小雀斑，有一双清澈湛蓝的眼睛。我又试着抛了三四次，然后就把鱼竿递还给了约翰，那才是它该待的地方。

到了吃晚饭的时候。呼唤声从站在五彩房屋门口的女士们那里飘下来，小孩都很听话，收拾起他们的装备、他们捕获的鱼，开始攀登那条狭窄、蜿蜒的小径。太阳往水中沉得更深了，起了凉意，意识到这一点，我打了个寒战。虽然被提醒过，我自己也算小心，但脚还是湿了，在鞋子里觉得很冷。这地方不属于那些没赤脚或者没穿雨鞋的人。或许，对于我来说，这地方压根儿就不属于我。

坡很陡，我们低着身子向上攀爬时，我的这些年轻友伴一路继续聊着天。他们说话带爱尔兰口音，带着当地的特色。其中有一个孩子的家里曾有一只驯化了的海鸥，养了七年。他的哥哥在岩石上发现了这只海鸥，就把它带回了家。爷爷给它起了个名字叫乔伊。“就因为它很吵。”约翰解释道。[①] 上个礼拜海鸥死了，他们在离海湾一英里之外办了个葬礼，因为只有在那儿才有足够的土能给他挖个坟。沿着海岸几乎都是硬石，坟墓是安置不了的。他们说，人死了也一样。一周以来，他们都满怀期待沿着崖底找寻另一只海鸥，但还没有找到。他们又说，海鸥是不可以杀死的，它们受政府保护，因为它们是食腐动物，能保持海湾的清洁。

上山的路很窄，所以我们排成一列前行。到达小棚屋的时候我呼哧呼哧的觉得完全喘不过气来。对于一个三十五岁的人来说，我的身体是太过老化了，桑拿看来对我的呼吸系统一点助益也没有。这些男孩走得很轻松，正在我周围谈笑风生。他们见了我的车都兴奋地点评起来，却又不失礼貌。而我再次拥有这样的机会，重新发动我的车，沿来路返回。毕竟，除了遥遥喊来开饭消息的女士们之外，我还没有见过一个大人。我站在那里，摆弄着我的钥匙。

一个男人和一条狗突然出现，出乎我们意料。那时我们正随意地散在车前，全然没有在意周遭的事物，所以既没看见也没听到他们从那条破败的石子路上走近。这条狗黑白相间，不高大却很健壮，沿着石子路小跑的时候，表情期待地望着海港，结实的腿上和狗爪上的白色毛发随风飘扬。它全然没有注意到我。那个男人也不高大，但很健壮，而且看上

---

① “乔伊”在英语中和“欢快”(joy) 一词发音相近。

去也是黑白相间的。他的套鞋是黑的，他深色的厚精纺裤由染黑了的皮带吊着，皮带上满是大块大块的磨损。皮带扣是小渔船的形状，船首还站着一个渔夫。他穿的是一件深色的绒线海军服，头顶戴了个绒线帽。帽子底下的头发是白的，三四天没刮的胡子也是白的。他的眼睛是蓝的，一双粗糙的大手有些扭曲变形。光看外表说他六十多岁到八十多岁都有可能。

“唔，今天晚上挺舒服的，”他说，先看了看约翰，又看了看我，“气压没降，大概还会有一两天的好天气。对捕鱼的是好消息。”

他从路边捡了块没用的、扭曲了的灰色木头，用右手捏着前后缓慢晃动。小狗期待得有些不能自已，在那男人身前身后不停打转，眼睛炯炯发光地盯着木棍，很是急切。等木棍被扔下山坡，他欢快地吠了几声，把自己也朝海岸往下抛去，一下就不见了，只看到小石子如同雪崩一般随之纷纷滚落。过了几秒钟，它又出现了，虽然只能见到它的脑袋——一个无声的 V 字形飞速地划破港湾的安宁。男孩走到堤岸边缘，大声为它叫好，就跟他们之前互相加油一样。“还要再远一点，”他们喊道，“再往右，再往右。”小狗已完全没在了水中，它划着水要找的棍子其实它完全看不见。男孩都朝着大致的方位扔石子，小狗会从水中探起身子，找到水花的位置，始终在敏锐地改变方向。

“你怎么样啊?”老头问我，拿出烟斗和一袋烟草，还没等我回答，又说，“不妨留下来吃个晚饭吧。我们那儿就三个人。”

我们开始沿着小路朝前走了，也就是朝着他刚刚过来的方向。很快孩子们也跟了上来，还有那条狗，身上滴着水，嘴里叼着找回来的木棍。它等着老头把木棍拿走，接着把蓬乱皮毛上的海水甩了我们一身。老头拍了几下，又挠了挠它湿湿的脑袋和滴水的耳朵。他没扔掉那根棍子，而是用它狠狠地打了一下他的雨鞋。我们继续沿着那条石子路向前走着——没多久之前我的大众车还从这里驶过。

还没走几步，我们的左手边就能见到屋舍。框架结构的房子，屋顶是平的，依附在乱石间，下觑着海港。一旦有风暴，海浪就会打在这些房屋的窗户上，不过现在暮色降下，这些鲜艳的色彩在阴影中倒无畏得让人欣喜。走到第三扇门，约翰、老头和狗转了进去，我也跟着进了门。其他的男孩继续往前走，朝我们挥了挥手说：“再见啦。”

粉刷过的大门很窄，进门后那条小道上的石头已经被无数个走过的鞋底磨得非常圆滑。在路的两侧还各有一排粉刷过的小圆石头，像是巨型的白色的蛋，或是未及烘烤的面包，正在两旁列队。再远一点，两边还有一些废弃的轮胎，也被粉刷过，当做花坛在用。每个圆圈里，斑斓的花朵低低地正在点头；还能见到偏耐寒的三色堇和可能是万寿菊的植物。这条路通向一幢绿色的方形屋子，只有边缘和百叶窗是白色的。门口木台阶的一侧钉着滑冰用的冰刀，用来蹭鞋底。穿过纱门之后是个门廊，散发着海水的咸味。木墙上有很多钉子，上面挂着各种雨衣、雨鞋、连指手套和帽子，没挂上去的就被扔在了墙角。

门廊再往里走是厨房，有位女士正在干活。我们全都进了门，小狗跑过地板上的亚麻油地毡，爪下吧嗒作响，然后满足地叹了口气，把自己扔到了木桌子下。几乎是一眨眼的工夫它就睡着了，皮毛因为那次入水还是湿的。

厨房很小，有个铁炉子，靠墙有一张桌子，配了三四张手工制作的木椅。旁边还有一张木制摇椅，盖着靠垫。弧形弯脚因为多年的使用，已被磨得十分单薄，让人很难相信它们依然在起着作用。就在桌子旁有个盥洗架，上面放着两桶水，一个脸盆就靠穿过脸盆壁的一根钉子钉在墙上；它的上方安着一个带镜子的老式药柜。房里另外还有一个大壁橱、一个低矮的沙发和一扇朝向大海的窗户。墙上除了气压计还挂着两张照片，其中一张拍的是多年前的一对喜气洋洋的夫妻。照片有些泛黄，也不再清晰，但还是看得出其中的女子穿着长裙，鬈发盘起；男人穿着一件略显大的哔叽外套，花呢帽潇洒地盖住右边的眼睛。他的肩上还拴着手风琴的带子，五指张开，按在琴键和键钮上。另一张照片是耶稣孩童时的形象，下面写着："圣主慈悲之心保佑我们。"

炉子边的女士很高，五官精致。她头发灰白，轻盈地从额头向后梳，细心盘起，靠颈后一枚大别针固定。她的眼睛是深灰色的，如同海上暴雨前飞驰的云沫。跟她丈夫一样，她的年龄也不好判断。她身着蓝色印花长裙，简单地围着一条蓝色围裙，脚上穿的是一双咖啡色的低跟鞋。我们进门时，她正在一口炒锅里煎鱼。

见到我时，她眼神里只是有些柔和的讶异。认出我来之后，双眼闪耀出不加掩饰的敌意，但这种敌意马上退落下去，转成自制的不动声色。她继续在炉边干活，我们其他人都坐到了椅子上。

接下去吃饭的时候我们话很少，很羞怯，成年人都似乎要以这种寂寞的方式摸索、保留我们所剩无几的可怜尊严。约翰倒不在意那些，聊得停不下来。他现在上五年级，在学校表现很好，他们正在学百分数和神秘的十进制。要把百分数变成十进制的小数，你得把小数点向左移两位，把百分号扔掉。你一定，一定要每回都这么照着做。他们还在学习家畜的不同种类，主要的四种奶牛是：好斯敦牛、亚尔夏牛、根西牛、泽西牛。他会吹口琴，吃完饭就吹给我听。他有自己的十二个捕龙虾的笼子。本来这些都是被海浪打到岩石上的坏笼子。他朝老人点了点头，说是艾拉帮他修好了，装了新的铁丝网，织了新的口子。现在，这些笼子沿着石岸在海港入口处放置好了。他现在每个笼子平均能捕到一磅的龙虾，“大人”渔民都说这比他们当中的一些人都要厉害。他现在用来存钱的玩具桶也是海浪冲上岸的。他想给他的小划艇买个尾挂式的发动机，现在他要划着桨去照看他的那些捕虾笼。

“我们的约翰有成为好渔夫的潜质，”老人说，“我早上五点生火的时候，他基本上都起来了。我茶还没泡好，他和狗已经从海边溜完一圈回来了。”

“我在多伦多的时候，”约翰说，“没人七点以前起来。我得自己给自己泡茶，然后等着。可难受了。不过那儿有海鸥，会从多伦多港上飞过去。有两个礼拜天我们就去看过。”

吃了晚饭，我们把椅子从餐桌边移开。老太太把盘子收走，老头打开广播。一开始他听的是天气预报，然后转成短波，能收到岸边渔船里的对话。里面聊的是捕鱼的收成、风浪的情况和留守在石岸上的女人。约翰拿着他的口琴又出来了，恭敬地站在一边。老头看到他，点了点头，便把收音机关了。他站起身，走上楼梯，只听得脚步声回荡下来。回来的时候，他带了一只破旧的手风琴。“我手上的风湿太严重，”他说，“现在弹琴费劲极了。”

坐下之后她便将胳膊穿过琴带，风箱就开始伸缩起来。女士解下围裙站到了他身后，一手搭在他的肩上。有一瞬间好像照片里年轻男女的神采又附到了他们身上。他们唱起来：

我说你们这些美丽的温柔女子
追求情郎可得留点心思
他们像夏日拂晓的星辰
才刚露面，转眼就要隐身

做一只麻雀多好，我常常想
我要有翅膀，我可以飞翔
飞去和我心上的人相会
他要的，我却一样也不给

可惜啊，做一只麻雀只是空想
我哪有翅膀，我也不能飞翔
天空中没有哀伤和忧郁
我却被绑在地上，直到死去

约翰坐在其中一张手工椅子上吹口琴。他和全世界所有吹口琴的人都一样：右脚打着拍子，两个幼小的肩膀拱起来，围着掌心里的乐器。

“过来跟我们一起唱歌，约翰。”老头说。

约翰很听话地把口琴从嘴上拿开，用袖口抹掉了唾沫星子。他们的生命算上两头轻轻松松地覆盖了半个世纪，一道唱了起来。老的少的都唱失去的事物，唱的是他们不同的体会。我的年龄在他们中间，格格不入，困在此刻，很不自然地用皮鞋在地毯上打着拍子。歌词在我脑中盘旋飞扬。雾或许不如雪那样触碰你，但却也来得更浓厚稠密。湿润来时那万千的形态啊！

我独自游走，迷失在河岸
观清光一束，良夜何其
我独自徘徊，见到陌生的少年
听他哀恸哭号，不住叹息

眼泪留给一个人，她睡得寂寞
流给她，一个谁也救不起的人
黑暗的河水泛着泡沫从他身边无声流过
河水掩过年轻珍妮的坟

哦亲爱的珍妮，为我再驻足片刻
别抛下我，爱人，我已痛得不知所措
死亡是匕首，将你我分隔
这鸿沟多么辽阔，爱人，站在两岸的你我

歌声停下的时候，我们都一时间很不自在地坐着，情绪沉甸甸地压在我们肩上。然后除了我之外，突然三个人都同时有了动作。约翰站起来，拿着他破旧的教科书去了厨房的餐桌。狗跳上他旁边一张椅子，满脸庄重地看着他，好比是在监督他做功课。老太太拿了一些绒线织了起来，颜色和她丈夫身上的海军蓝一样。那是一件新的套衫，现在正织着袖子。老头也站起来，招手让我跟着他去那个小小的客厅。家具里都被塞满了，看上去很旧。屋子正中有个烧木头的小炉子，底下垫着方形的镀锌铁皮，因为燃烧的炭块会掉下来，要保护地板。火炉管往上伸进墙里，通往楼上。炉子后面的墙上有个老式壁炉，上面摆满漂流到海滩上的木头，形状都很奇特，还有各种带着异域风情的瓶子，蓝的、绿的、红的，也是从海滩上捡来的。上面还放着照片：一张是前面照片里见过的这对夫妻，一张是他俩跟五个女儿在一起，还有一张是女儿们自己照的。照片上遥远的时光里，女儿们好像都在十到十八岁之间。最小的女儿头发最红，红到可以凌驾于照片的黑白色调之上（虽然本身也是彩色照片）。相框是普通的木相框。

从古旧的扶手沙发后面，老头拖出一张折叠牌桌，拉下它变形、摇晃的桌脚，又从沙发后面拿出一张褪色的跳棋棋盘和一个老式的火柴盒，里面哐啷啷都是棋子的声音。棋盘折叠处几乎要断开，只靠好几层胶带连接。棋子只不过是一个个木圆圈，是从一段扫帚柄上锯下来的，大概都有四分之三英寸厚，一半涂了很亮的蓝色，另一半的红色也一样惹眼。“约翰做的，”老头说，“厚薄不是每个都一样，不过已经很好了。他可下了好一番工夫呢。”

我们开始下棋。他用蓝的，我用红的。屋子静下来，只剩绒线针的咔嗒咔嗒声游弋在一个个房间的寂静里。每过一段时间，老人会点一下他的烟斗，用一根压平了的钉子挖烧尽了的烟灰，又用同一根钉子平的那头夯实新放的烟草。蓝色的烟雾慵懒又随意地升向低矮的房梁。第一局棋一直下到结束都很严肃，第二局、第三局也是如此。输赢我们双方都有。

“有人该睡觉了。”过了一会儿，老太太说着，把绒线和针收好，站起身来。厨房里约翰在为明早做准备，将课本整整齐齐地收在桌角。他出去了一小会儿，又马上回来了。他很正式地说了晚安，就上楼去睡了。又过了一会儿，老太太也跟了上去，脚步声听上去跟约翰的路线是一样的。

我们裹在烟雾里继续下着跳棋，头顶上的脚步声是压低了的，轻柔得几乎意识不到。

老人站起来走出门去时，我并未感到惊讶，他回来时手里拿着一个棕色的、花哨的醋瓶，我也一样不觉得很意外。厨房的火越来越小，他捅了捅，又把水壶移来移去，找不断冷却的炉子上最烫的地方。接着他从橱里取了两个杯子、一个糖碗和两个勺子。水壶烧开了。

还没尝的时候，我就知道这朗姆酒会很烈，会超过酒精标准①。这些酒在夜雾笼罩中，从法属圣皮埃尔岛和密克隆岛②运来，装在低耗油渔船的假油罐里。他先将朗姆酒跟糖混合，看他们消融在一起。为了防止玻璃碎掉，他在两个杯子里各放了个茶勺，接着就把开水倒了进去。气味起得浓郁，甜味悬在蒸汽中。他把杯子放到桌上，拿的是杯口，以防手指被烫伤。

我们什么话都不说，坐在椅子上，一股浓厚的甜热之感穿过我们的胃，散播向我们的大脑。屋外，起风了，呜咽着，轻轻地晃响白色的百叶窗。他站起来，取水壶加酒。我们在暗中是温暖的，在风中是平静的。钟依惯例敲了十下。

有时候，不管有没有酒，说话都是很难的；要真正完成把话说出来这个动作，不容易。我们还是静静地坐着，继续听着风声，不知该从何处说起，又怎样开头。杯子又被斟满了。

“她在多伦多嫁人的时候，”他最后开口了，“我们琢磨着约翰该跟她过，跟她丈夫过。大概在城里更有前程。不过我们总拖着，直到将近两年前，他去了。湾那边有个女人要去看女儿，他就跟着一起去了。怎么说呢，问题就在于我们

---

① 指酒精浓度超过百分之五十。

② 法属圣皮埃尔和密克隆群岛位于纽芬兰岛以南25公里海域。

想他可想坏啦。比我们之前所有的预期还吓人。连狗都不行了，整天在地板上来回跑，往窗外张望，还经常沿着岸边的石堆一个劲地走。这就像我们的船没系上，或者在雾中迷失了航向，或者是在雪飑中的浮冰之间不知该往哪里去了。心里痛得受不了。以前他奶奶心下还会偷偷觉得，等她岁数大了，这小孩会是个负担。我们自己是没儿子的，只生了几个女儿。”

他不说话了。接着他站起来，上了楼，回来时拿了个信封。他从里面取出一张照片，上面有一辆半吨小卡车，旁边拘谨地站着两个年轻人，卡车侧面还绑着一个可伸缩的木梯子。两个人都像是二十五六岁的样子。卡车门上印了这些信息：“吉姆·法瑞尔，多伦多：外墙漆、檐槽、铝墙板，电话：535–3484”。

“这是上封信里寄来的，”他说，“法瑞尔那小伙子我看大概是不错的，他是哈特斯克湾那边的人。”

“不说这个，就说约翰去了之后，他们是不得安宁啊，比我们没了约翰好不到哪里去。我不是说嘛，约翰出去前在这儿待太久了，所以大家都过惯这种日子了。他们捎话来说有人会带他乘飞机到圣约翰斯，是他们在纽芬兰酒吧里认识的一个女人。我正准备要去圣约翰斯接他。那什么，那天晚上全不对劲。都是坏的兆头。他奶奶撞翻了灯罩，跌碎成一百片——死亡的征兆啊。窗帘掉下来，就那样堆在地上，一动不动。那条狗跑来跑去跟疯了似的，哭号比那冰上的海豹还惨，跳起来撞墙，跳到桌上，撞那扇没窗帘的窗。我们没办法，只好让它出去。但也没用，它乱跑，窜到海里，奔回来又在那扇窗下面嚎叫，又跳起来撞墙，把身上的水拍得满墙都是。然后它又跑回去，又跳进海里。邻居都听到了，说我根本就该待在家里，去不得圣约翰斯。我们都吓坏了，不知该怎么办。第二天早上头一件事，我手里的刀掉地下了。

“可我还是觉得我得去。第二天一直有雾，大家都在想飞机可能到不了了，或者没法降落。我偷偷对自己说，这雾就是那坏兆头了，就是那死亡了。就在那时，飞机就来了，就像雾里开出一条鬼船，灯都亮着。我又想他可能没在飞机上，但没过多久就见他从雾中走出来，一开始跟那个女人一起，他看到我之后就开始跑，越跑越近，越跑越近，直到我感觉他已经在我怀里，两人都满脸是眼泪。有时候对某种很强大的东西你抵抗不了，很怪异的。就那天晚上，他们俩死了。”

从同一个信封里他抽出一张破烂的剪报：

家住隆瑟斯维尔大街的詹妮弗·法瑞尔今晨当场死亡，她的丈夫詹姆斯稍晚在圣约瑟夫医院的急救室去世。事故发生于凌晨两点，他们驾驶的卡车在皇后西街失去控制，撞上了电线杆。据称大雾造成能见度降低可能是事故发生的原因。法瑞尔夫妇原籍为纽芬兰省。

他又倒了酒。“一直就只有我们三个，”他说，“其他几个女儿都结了婚，住得很远，在蒙特利尔、多伦多，或者美国。她们是回不来了，就算探个亲也不容易，可能每三年能来住上一个礼拜。我们只剩下他了。”

现在我的头有些晕，虽然我还是自己动手倒了点酒。这次没等他客气。或许我是太把这里当成自己家了，毕竟这杯子、这朗姆酒、这屋子和这所有的深情，都是属于这个老人的。虽然这也不是我第一次这样了。可我的唇舌还是被锁住，说不出话来。

外面好像是起了大风，我们解手时只能背朝风向，否则恐怕都会溅在我们被风撕扯的裤管上。风就是这样肆虐，我们几乎是被推着向前，踮着脚尖晃起来，又落回到脚跟上。但狂风之外，有星光干净地倾泻下来。的确是捕鱼的好日子，风最终也会歇的。空气里满是盐的味道，乱石上水声低沉。我捡起一块石头，逆着风扔进了海里。

上楼梯的时候我们连木扶手也抓不稳了。我们互道了晚安。

房间没有多少改变。风来窗子会响，屋梁没有完工，会嘎吱嘎吱摇晃。房间里充斥着声音。我就像一个愚蠢的洛克伍德一样走向窗口，虽然并未听到有谁在说话，外面并没有凯瑟琳呼喊着要进来。[①] 我成功地把衣服脱掉了，必要时我还是勉强做到了单腿站立。然后我把裤子横铺在木头椅子上。床很干净，也没发出声响。是张很简单的木床，床垫填了干草或者海草。我触摸那条拼接的厚被子，把它掀开，但我还是不想进被窝，反而走向门口。门上没有把手，只有一根钉子被巧妙地弯折成了门闩。打开之后，我到了走廊上。一切都在黑暗中，没有窗的地方，似乎更让人觉得屋子在吱呀作响。沿墙伸手去摸，要找到那扇门并不难。门是靠一样的门闩关上的，很轻易就可以打开。那门里并没有人在等我。我站在那里，侧耳听我独子睡觉时平稳的呼吸声。他和屋外风中那个不存在的声音一样，全然没有在召唤我。我犹豫着不敢碰门闩，怕吵醒他，扰了他的梦。要是他真醒了，我又能说什么呢？但我还是想就见一次睡梦中的他，再见一次这个房间和里面那张安静的床，再见一次从破渔船上拿来放到床边的木椅。门后的黑暗里，并没有煮好的鸡蛋、装盐的佐料瓶和一杯水放在椅子上。

曾经，渔村里的人都相信，如果一个姑娘要见到自己的真爱，那么，她就得煮颗鸡蛋，掏空一半用盐填满。然后她得带着这颗鸡蛋到床上把它吃了，还要在床头放一杯水。夜

---

① 两人均为《呼啸山庄》中的人物。

里她未来的丈夫或是他的幻象就会出现，把这杯水递给她。不过这招只能用一次。

十一年前，几个聪明的研究生来收集的就是这些迷信传说，为的是一些关于北美的论文和资料库，当然也想借此获得些声名，尽管他们搜寻的可能是近伊丽莎白时期的谣曲，从凯里郡、德文郡、康沃尔郡乘风破浪而来。那些歌里全是狂暴广袤的大海，银光一现的匕首和负心出走的爱人，回荡在西弗吉尼亚的峻岭幽谷与田纳西耸立的岩石间。

走廊对面，两个老人在睡觉。老头的呼噜声跟窗户一样格格作响，除了前者还不时会有哽咽之声将它打断。短短三四个小时之后，他会醒来去楼下生火。我转过去，轻轻地走回我的房间。

在床上，朗姆酒的甜热劲沉重而强烈。黑暗压着我，却还是无法让我入眠。我所听所见的话音与光影都是虚幻的。它们只是记忆的墙，想象的星火不停地扑灭在墙上。

呵，我多想把我的方向看得更清晰些。我这个从来不懂雾之神秘的人。或许我想把它收在罐子里，像我小时候抓来的美丽蝴蝶，虽然用指甲在盖子上戳了很多孔，但还是一只只全死了——只留下它们生死的湿气；或许那也像少年懵懂时，在情人巷捡来潮湿的灰色避孕套，只被大人拿走，还被命令赶快去洗手。啊，我曾收集了多少我不懂的东西。

或许我现在该走过去说，啊，我尊贵的骨血，抛下这些寂寥的海鸥和银色的海鳟，我带你去有泰斯帝冰淇淋的地方，你可以一觉睡到八点五十。我会带你乘电梯到十六层上的公寓，告诉你门铃系统是怎么回事，带你去绵长的铁栅栏，杜宾犬到了夜里会沿着它静静地奔跑。或许我可以给你我无比成功一生所收获的钱财？又或许，我该心藏着已知或未曾得见的痛楚，如叶芝笔下的库丘林①一般，在狂风呼啸的海边遇见你？或于滚滚波涛之侧，像苏赫拉布与鲁斯图姆般相逢②？

我又在收集梦幻了。对于多伦多皇后西街的雾雰和卡车轰然的事故，我并不了解，我也不懂失落或错付的深情。

第二天我起得很早，老人在一堆碎木上生火。屋外的晨曦透进来，风也平静。约翰三步两步下了楼梯，然后脚下也不停，用水泼了泼脸，套上外套，直接出了门，狗跟着他。老人抽着烟斗等水开。水开了之后，他往茶壶里倒了一些，把水壶递给我。我走到脸盆架边，倒了点水在铁皮小脸盆里，准备刮胡子。我的脸从衣橱的镜子里看回来。老太太轻声下楼来了。

“我想我今天就回去了。”我说话的时候通过镜子看着我

---

① 爱尔兰诗人叶芝创造出的英雄形象，遭受各种苦厄，包括杀死自己唯一的儿子。

② 波斯诗人菲尔多西（940—1020）的长诗中，鲁斯图姆并不知情地杀死了自己失散多年的儿子苏赫拉布。

自己和我身后屋子里的人。我试图把重音放在“我”字上。“我只是想再走一遍这条路，我想我可以把车留在圣约翰斯，直接乘飞机回去。”老太太在桌边忙活起来，把白色的圆盘子摆出来。老头静静地装着他的烟草。

门开了，约翰和狗回来了。他们是去海边看昨晚发生了什么。“约翰啊，”老人说，“你找着啥了？”

他把手摊开，里面是一块光滑的圆石头，绿到无以复加，还镶着一丝丝乌黑发亮的光泽。大海不知止歇留情，日夜冲刷打磨，又被沙砾搓揉得发亮。其中的缺憾全被消去，只剩下几近完美的成色。

“很美。”我说。

“对啊，”他说，“我很喜欢收集这种石头的。”突然他仰头看着我的眼睛，一把将石头推向我，“给，”他说，“你愿意收下吗？”

我伸手去接的时候，转头看屋内另外两个人。他们望着窗外的大海。

“这样，那谢谢你，”我说，“非常感谢。我收下了。谢谢，谢谢你。”我从他前伸的手中接过石头，放到口袋里。

吃早饭的时候几乎什么声音也没有。吃完之后约翰和狗又出去了。我准备出发。

“那个，我得走了，”我在门口停步，“到圣约翰斯还得好一会儿。”我向老人伸出手，他握了握，手指很有力。

“谢谢你，”老太太说，“我不知道你是否明白我的意思，但总之谢谢你。”

“我觉得我明白你的意思，”我说，我站在那里摆弄我的钥匙。“我很想用某种方式帮到忙，或者保持联系，可是……”

“可我们没电话，”他说，“而且我们俩大字也写不了几个。或许就是因为这些原因所以一直没告诉你。约翰倒是越来越会写信了。”

“再见，”我们再次道别，“再见，再见。”

阳光照下来已没有杂质和阻隔，小船在港中来回游走好似微型球道上的高尔夫球。我跨进没有上锁的车，发动引擎。石子在车轮下翻滚。我经过房子，朝站在院子里的夫妇挥了挥手。

远处的悬崖上，孩子们在呼喊，他们的声音如颂歌般穿透浸润了阳光的空气。几条狗在他们身边激动地跳跃绕圈。他们手上好像有只动弹不得的海鸥。可能他们会把它医好的吧。我摁了摁车喇叭。“再见，”他们边挥手边喊，“再见，再见。”

航站楼的亲切之感显得古怪。它象征着漂泊，本身却散发着永恒的光芒。它的“富美家”塑料贴面设计就是要长久的。柜台处有个中年男子故作愤怒，在跟一个女子解释，他要去的是纽瓦克，不是纽约。

上飞机的人不多，没过一会儿我们就检了票，升空穿过饱含阳光的雾霾。饭菜装在锡纸和塑料中。我们在云端用餐，看着机翼的末梢。

我身边坐着一个重型设备的销售员，之前想跟拉布拉多半岛的开发者做一笔生意。他离家一周，正要和妻子儿女团聚。

那天稍晚些，我们降落在大陆的中心。因为时区转换，飞行的距离让人感觉不真实而诡异。机场的跑道上有微微的热浪闪烁。这是重型设备销售员的终点，而对于我来说，还必须转机继续深入大陆腹地。不过我们还是一起走下推来的梯子，戴上太阳镜，走过滚烫的混凝土路面，穿过航站楼的自动门。销售员的妻子带着两个小孩在等他，小孩最先看见他，张开双臂朝他奔来。“爹爹，爹爹，”他们高喊，“你给我们带了什么啊？你给我们带了什么啊？”

回 乡

十岁那年的某个夏夜，我和父母乘坐的火车奔向新斯科舍的东尽头。“阿莱克斯，你随时都可能看到了，”父亲兴奋地说，“注意窗外，随时可能出现。”

这时父亲站在过道里，左手撑着头顶的行李架，人斜在我和母亲的上方，母亲坐在靠窗的座位。他的右手抓着我的右手，每次我抬头，总是先望见一块弧形的白幕，那是父亲衬衫的前襟，然后又见到父亲精致的五官，他眼睛的蓝，还有他卷曲的红头发。他很高大，看上去像个运动员。父亲这年四十五岁。

“哎，安格斯，坐下，”母亲说道，话里交织着耐心和恼怒，“他不一会儿就会见着的。我们马上到了。你坐下好吗？大家都在看你。”

在车垫的绿色面料上，我的左手和母亲的右手放在一起。母亲有褐色的眼睛和褐色的头发，比父亲小三岁。她长得很好看，相片常出现在蒙特利尔报纸的“名流”版面。我们就住在蒙特利尔。

“就在那儿，”父亲像得了胜利般大吼，“看，阿莱克斯，那就是布雷顿角！”他把左手从行李架上放下来，手臂横在我们面前，指向坎索海峡的那一片蔚蓝。小小渔舟的上方，海鸥悬停在空中，山峰因为满是冷杉、云杉，呈暗绿色，像是浴水而出一般，袅袅的雾气垂在左右，如同新打开的包裹边上弃掷的绸带。

火车突然踉跄，父亲几乎失去了平衡，就把手很快放回到行李架上。我的右手被他握得太紧，几乎有些疼，我能感觉手指在父亲掌中都快麻木了。我想跟父亲提一下，但怎么说都觉得不礼貌，我知道他弄疼我也不是故意的。

“是，就在那儿，”母亲不冷不热地说了一句，“现在你可以像大家一样坐下了。”

父亲照做了，但抓我手的力道依然极为凶狠。“拿去。”母亲从我头顶递给他一张面纸，语气不算严厉。父亲静静地接过去，便让我想起他收在蒙特利尔家中的小提琴唱片。母亲不喜欢那些唱片，说听起来都一样，所以他只等母亲出门、家里剩下我俩的时候听。那些时光就好比是在教堂，很庄重，很严肃，很哀伤，我不该说话，但除了说话我也不知道还能做什么，特别是父亲落泪的时候。

现在火车已准备好乘船过海峡了。父亲松开我的手，开始收拾行李，因为我们到岸之后还要换火车。收拾完了，我们一起上了渡船甲板，眼见呜咽的船声行过平和的水面，将其宁静都搅碎了，抛进船后那翻腾的纷乱白浪中。

父亲又回到火车里，重新出来的时候拿着一个芝士三明治，是我刚刚没吃的。我们就一起去了渡船的船尾，那里很多人正把食物扔给跟了我们一路、正喧嚣着给我们护航的海鸥。海鸥是世上我见过最白的东西，白过家里的床单，白过那只粉红色眼睛、已经死去的兔子和冬天的第一场雪。我想，海鸥既已如此之美，总觉得可以再讲一些礼仪，更有教养一些。有一只斑驳的棕色海鸥，低低地飞在嘈杂队伍的左侧，感觉它动作僵硬，很不自在。当它想要冒险深入鸥群的密集处，它的同伴就会嘶叫起来，啄它，把它赶开。我们三人都想把掰下的芝士三明治抛给它，或者抛在它正前方的水面上。它实在太过寂寞了，只有自己孤单一个。

到了对岸我们便要换火车了。有辆火车伴着咔嚓声缓缓驶过，一个金发男子单手挂在火车上，另一只手抓着个瓶子在喝酒。我觉得这主意挺好，就请父亲给我买汽水。他说等会儿会买的，却很奇怪地窘迫起来。我们横穿铁轨去我们自己乘坐的火车的时候，那个年轻的金发男子开始唱："从前有个印第安姑娘……"他唱的不是文明的版本，而是我和朋友从六年级的大孩子那里学来的下流版。不知什么原因，我之前从没想过成年人也会唱这首歌。父母都走得很快，几乎是拎着我的手把我拽过这些惹人烦扰的铁轨。我们的脸都通红，都假装听不到那渐远的歌声。

我们在另一辆火车上坐下，这时我发觉母亲非常生气。“十年了，”母亲忿忿责问父亲，“我在蒙特利尔教育了这孩子十年，他从来没见到过大人就着瓶子喝酒，也从没听到过那样的语言。我们到了这儿还没有五分钟，他就都见到听到了。”她都快要哭了。

“别放在心上，玛丽，”父亲安慰她，“他不懂的。没事儿。”

“怎么没事儿?”母亲激动地说，“太有事儿了。多下流，多肮脏，我肯定是脑子坏了才答应你出这趟门。最好我们明天就回家。”

火车动了，没过多久，我们就开始沿着海岸哐啷前行。小船上有渔民淳厚地朝我们挥手，于是我也朝他们挥了挥手。之后，见到煤矿在地面划开很多黑色的裂缝，就像在山绿海蓝上结的伤疤。我在想，我的亲戚是否就在这些矿下干活。

这列火车比上一列慢多了，感觉每五分钟就得停一下。有些人在聊天，虽然我知道他们说的是盖尔语，但内容我听不懂。另一些人瘫坐在椅子里，其中几个打瞌睡腿还横在过道中。过道的远端，两个空瓶没休止地来回滚动，彼此碰撞，还撞在座位的金属椅脚上。车厢左右晃荡，吱呀作响。

车站不大，是褐色的。它前面有木质站台，照明靠高高的杆子上投下的灯光。成群结队想求死的飞蛾和六月虫往灯上撞去。灯下有一小簇一小簇穿暗色衣服的人，在那里聊天、嚼烟草；还有些衣衫褴褛的男孩，大概跟我同龄，三两凑堆，倚在破旧的自行车上，等着一捆捆报纸砸到他们双脚前面。

两个高大的男人从他们那堆人中脱身出来，走向我们。我知道他俩都是我的叔叔，虽然之前我只见过年轻的那个。我一年级的时候，他到我家住过一阵，曾和我在地板上摔跤，家里没人的时候还喜欢放小提琴唱片听。有一天突然他就一去不返了，只留存在母亲的话里，有时是一句不带色彩的“就是你兄弟在这儿的那一年”，有时则是更有所指的“就是你那个整天醉酒的兄弟在这儿的那一年”。

此时两人都很有礼貌。他们和父亲握手，说：“安吉，你好。”接着又取下帽子，跟我母亲问好。然后两人又都把我举了起来。年轻的那个问我是否还记得他，我说“记得”，他大笑着把我放下。接着两位叔叔又帮我们把行李搬到出租车上。我们的车沿着一条崎岖的街道和向上的山路蹦跳着前行，一阵颠簸之后，终于在一幢阴暗的大房子前停了下来，我们下车进了屋。

虽然是夏天，却有很多人围在厨房一个烧炭的大炉子旁边。我们进去的时候，他们都起身来握手，女人还会拥抱我的母亲。接着我又被领到爷爷奶奶跟前，我之前没有见过他们。奶奶个子很高，头发白得好比下午的海鸥，眼睛蓝得好比海鸥飞过的大海。她黑色的长裙外还罩着格子图案的围裙，她用强壮的双手把我举起来，让我可以亲吻她，也可以平视她的眼睛。奶奶身上有肥皂水和热面包卷的味道。她问我喜不喜欢住在蒙特利尔。我从来没在其他地方住过，只好说我觉得还行。

爷爷身材不高，很粗壮，手特别大。他的眼睛是褐色的，曾经的红头发现在也几乎全变白了，眉毛和鼻毛倒还是红的。他的髭须让我想到学校里的海象图片；他现在就在嚼把胡须下方染成棕色的烟草，把嚼出来的汁吐在椅子旁边的煤筐里。他穿了一件蓝色的格子呢衬衫，褐色的裤子靠厚重的背带吊着。他也把我举了起来，尽管没有亲我。爷爷身上则有肥皂水、烟草和皮革的味道。他问我火车上有没有见着我喜欢的姑娘。我说“没有”，他大笑着把我放回到地板上。

这时更晚了，谈天声已沉寂下去，大家一个个步入门外的暗夜中，直到只剩下我们三个和爷爷奶奶。又过了一会儿，奶奶和母亲上楼最后确定如何过夜。爷爷把朗姆酒、热水和糖混进两个杯子里，一杯给了父亲。虽然我十岁了，他还是让我坐到他的大腿上，还让我从他的杯子里抿酒喝。他和蒙特利尔的吉尔伯特外公很不一样。吉尔伯特外公穿白衬衫、深色西服和马夹，胸前还横着金表的链条。

“你回趟家还真久啊，”他跟父亲说，“要是你进那扇门有我想到的那么勤，铰链我都得换多少回了。”

“我知道，我努力过，一直想回来的，可在蒙特利尔不太一样，你知道的。”

“是啊，我猜也是。我只是没料到会变成这样。感觉你们离得好远，我们又老得好快，对长子心里又总是不一样的。我琢磨着我们家里有些人没上过学也未必是坏事。要把自己交给亲家，我是不行的。”

“请别刚到家又得争这事，”父亲说，有点生气，“我没有把自己交给任何人，你心里也明白。我是个律师，只不过跟另外一个律师合伙，而他又正好是我的岳父，仅此而已。”

“好，仅此而已，”爷爷说道，又让我抿了一口他杯里的酒，“行，换个话题，你结婚十一年了，就这一个吗？”

父亲脸红了，就跟我们听到那年轻人唱歌的时候一样。他的火气上来了：“你自己清楚你根本没换话题。我知道你在暗示什么。我知道你想说什么。”

“你知道？”爷爷问道，声音不大，“我还以为蒙特利尔不一样呢。”

奶奶和母亲下楼，正好我又在抿酒。“哎，安格斯，你脑子里到底在想什么啊？”母亲吼着就朝我们冲来，要保护我似的。

“玛丽，别这样！”父亲几乎有些挣扎地说道，“这没关系。”

爷爷很快站起身来，把我放到他刚刚空出来的座位上，将那杯饱受争议的酒一干而尽，又到洗碗池把杯子洗了：“行了，到工人阶级睡觉的时候了。大家晚安。”他上楼的脚步声很重，靴子砸在地板上的声音我们听得真切。

“我照顾他睡觉，玛丽，”父亲的头朝我这边点了点，“我知道他睡在哪儿。你也去睡吧，你很累了。”

“是，那好吧，”母亲很温柔地说，“对不起。我不是有意要让他不开心的。晚安。”她亲了我一下，又亲了奶奶，接着她的脚步声就静静地消失在楼梯那头。

“对不起，妈，她那句话并不是听上去的那个意思。”父亲说。

“我明白。这里跟她习惯的太不一样。我们岁数也大了，在不顺的时候重新振作也不像以前了。他今年七十六，在矿上有些顶不住，他觉得要完成自己的那份活比以往都要辛苦。几个孩子都跟他去干过活，他告诉我，他觉得是孩子替他扛着，就因为他是他们的爹。以前你和阿莱克斯跟着去的时候他从来没这么觉得，当然了，那时你们都年轻得多了。尽管如此，他一直觉得你们高中毕业还没上大学那会儿多好啊，所以他想你们总归会回到他身边的。”

“可妈，怎么可能永远像那时候一样？我那时二十，阿莱克斯十九，他那时也才五十出头。我俩都想上大学，好拥有另一种人生。他借给我们的钱我们也都还给他了，那时他好像也赞同我们去读书。”

"他那时不知道会变成这样。我也不知道。你把钱还给他的时候，就好像这跟他原来心里想的完全不一样。另一种人生，又是什么呢？一个成了我们从来见不着的律师，一个成了医生，二十七岁自杀了。丢了，我们是把你们俩都弄丢了。相比之下，安德鲁还离我们更近些，而他是埋在海下两公里的乱石中啊，他从来没见过大学的门。"

"啊，本该也见见他的，"父亲说，话里满是苦涩，"他们都该见到的，而不是被剥削利用，整天在海底掘地洞，或者成了醉鬼，连掘地洞都不够格。"

"我有个醉鬼，"奶奶说，站在那儿看上去很是高大，"被赶出了我蒙特利尔律师儿子的家。"

"可我对他真的是无能为力啊妈，在那边不一样。你要是那副样子你就不可能——你就——哦天哪，我也不知道。要是我只是一个人的话，他可以永远待在那里。"

"我知道，"奶奶的语气突然很温和，把手放在父亲肩上，"不是怪你。但真要说永远待着，我们好像只能待在这里。我们已经是待在这里的第七代人了。归根结底，除了'待着'，还有什么呢？我有三个孩子出生时夭折了，我带大了八个儿子。有一个成了律师；有一个当了医生，自杀了；有一个挖煤死在了海底；有一个是酒鬼；还有四个，都像他们的老爹一样还在挖煤，我现在所能依靠的也就是这四个人了。现在是这四个人扛着你的父亲——因为你父亲需要人扛了，是这四个人扛着那个醉鬼，是这四个人挖了两天就为了找安德鲁，也是这四个人，让我能在晚年有三十个孙子孙女。”

“我知道，妈，”父亲说，“你说的我都知道，我也都能理解。只不过，这么说吧，因为某种原因我们不能继续生活在一个宗族系统中了。我们想要见识我们自己之外、我们家庭之外的东西。我们只是想生活在二十世纪。”

“二十世纪？”奶奶张开手掌，都快把她的围裙盖起来了，“要是我不能照着自己的方式活着，那二十世纪跟我有啥关系啊？”

现在是早晨了，醒来听到的是窗外家雀互相争嚷的声音，阳光的手指点在地板上。父母在我房间里商量我该穿什么。“这些他真的不需要。”父亲耐着性子说。“但是，安格斯，我只是不想让他像个小野人似的。”母亲回答，一边把刚熨烫好的裤子和衬衫放在我的床尾。

下楼之后，我知道爷爷已经出门去干活了。郑重地吃着早餐，我觉得自己就像是徒增了几十岁的小老头，听着收音机里的小提琴音乐，看着我奶奶给烤面包片抹上黄油。奶奶烧火拨炭的时候投入得几乎有些凶狠，烟翻涌起来，像云雾般散在屋顶泛黄的涂料上。

然后有小男孩们进来，害羞地靠在墙上。他们一共有七个，都在六岁和十岁之间。“这些都是你的堂弟。”奶奶告诉我。接着她又跟他们说："这是阿莱克斯，从蒙特利尔来的。他来看我们，你们可不能欺负他，因为他是我们自己人。"

之后我和堂弟们都到了室外，因为据说室外是小孩子该待的地方。我们又互相询问彼此的年级，我说我讨厌我的老师，可他们绝大多数都说他们的老师挺不错的，我之前从来没想过原来还有人会喜欢自己的老师。接着我们开始聊冰球，我努力回忆着我去弗伦冰球馆[①]看球的几次经历，以及我对里夏尔[②]有什么看法。

接着我们一路下坡，穿过小镇。镇子到处被熏得黑黑的，没有亮丽的街道，也没有闪耀的灯光，和蒙特利尔全不一样。我拖着脚步跟着他们，突然发现自己正面对两个大我们一些的男孩，他们说："嘿，你从哪搞来这么娘的衣服啊？"我不知道我那时候该干吗，直到我的堂弟们回来把我围了起来，就像牛仔电影里每当印第安人发动进攻，那些有篷马车就会把妇女和儿童围起来一样。

"这是我们的堂兄。"两个最大的堂弟同时开口，让我觉得他们很了不起，很勇敢，因为很可能他们自己也有些以我为耻，而且我也不知道我敢不敢为他们做同样的事。我之

① 弗伦冰球馆（Forum），位于蒙特利尔，建于1924年，是蒙特利尔加拿大人冰球队多年的主场，可谓冰球史上最有名的场地。

② 亨利·里夏尔（1936— ），1955年至1975年为蒙特利尔加拿大人队效力，1971年担任该队队长。

前可能从来没有意识到，虽然我只是个小孩，但我一辈子都觉得孤单，而且我暗暗希望我有自己的兄弟——甚至是姐妹也好。

那些差点要攻击我的人在人行道上用脚底蹭着灰，等了一会儿，接下来他俩就分开让我们通过了。我们就像一小队骑兵穿越山林。

我们继续向前穿过小镇，之后也没有停步，一直到了海岸，渔民在修理他们的渔具，或是给他们的小船抽水。我们在这些船里玩耍，他们也不管。之后我又在海面上打水漂，有一次我的石子蹦了六次，之后我就再没出手过，因为我知道他们对那六次心生赞赏，而要我再重复一次就不大可能了。

之后我们去爬山，山冈很高很高，又一路向下蔓延进了大海。一个堂弟跟我说要去看牛；据大家所知，那头公牛大概住在一英里之外。现在我们周围全然是乡村的味道，我觉得越来越热了，就动手把领带松开，却把领口的扣子扯掉了。那颗扣子消失在我们踏过的长草间，永远找不回来了。

那头公牛住在一个大牲口棚里，有个老头很像我的爷爷，堂弟们问他今天会有母牛来吗。他说他也不知道，还说这些事情是说不准的。他说我们要是愿意可以在旁边看那头牛，但绝不能逗它或者凑得太近。牛很大，身上棕色和白色相间，鼻子里还穿了个环。它一直在用蹄子刨牛舍的地，还常低下牛头左右晃着，发出低沉的哞哞声。我们正要走的时候，老头进来了，手里拿着一根长长的木棍，又把棍子扣到了牛的鼻环上。“看上去你们这帮小子有眼福啊，”他说，“现在当心点，给我闪条道。”我跟着堂弟们跑到院子里，院子里有个男人刚来，站在那儿靠牲口套牵着一头紧张的母牛。我们则饶有兴致地坐到了木篱笆上，看着老头牵出公牛。这头牛现在汗淋淋的，不住呻吟，嘴角都是泡沫。这样的事情我从未见过，顿时看得满心惊奇和敬畏，觉得眼前的一幕既动人却又可怖。我心里的某处也知道，恐怕这件事不能告诉母亲，虽然在我年轻的生命中，几乎所有重要的事情我都没有跟她隐瞒过。

我们走的时候，老头的妻子给了我们几个苹果，嘴里在说：“约翰，你就不觉得不像话吗？那可是在这些孩子面前啊。有些事情的确是天经地义的，但不该给小孩子看啊。”老头挨了批评，低头盯着自己的鞋，不过他又抬起头来，从他茂盛的眉毛下看我们，他的眼神很特别，我明白只是因为我们都是男孩子，他才那么做的，而那个眼神不仅把女人排斥在外，也让我们参与到一件我们能知晓、能感受却无法理解的事情中去了。

我们回镇子的时候，已近傍晚，除了几个苹果我们什么东西都没吃过。我们正上坡要回爷爷的家，就看到父亲迎面大步走来，腋下夹着一份报纸。

我在外面待了这么久父亲好像也不介意，反而看上去很羡慕我们的融洽和我们满身的尘土；他站得笔挺，问我们干了些什么，在他一身西装的桎梏中显得无比寂寞。我们像大多孩子会说的那样，告诉他我们去“玩儿”了，这个古老的回答只是聊胜于无，双方都无心无力送出和接收，于是讯息落进我们年岁上隔着的鸿沟里，底下是虚空。

他要去矿上，他说，等他们四点下工的时候正好见见他们，他说如果我愿意可以带我一起去。于是我跟我的堂兄弟加好伙伴们分开了，又掉头重新下山，很少有地牵住了我父亲的手。我还以为我会跟他讲两头牛的事情，可我却问道：“为什么他们都要嚼烟草？”

“噢，”他说，“因为这已经是他们的一部分了，也是他们生活的一部分。他们用它来代替抽烟。”

“为什么他们不抽烟？”

“因为他们在地下待得太久，不能用火柴和打火机，任何明火下面都不允许。因为有瓦斯，碰到火会爆炸，所有人都会死掉。”

“可他们上来之后，就可以抽烟了啊，就像吉尔伯特外公那样用银烟嘴抽，妈妈说嚼烟草是个很恶心的习惯。”

“我知道，但这儿的人和吉尔伯特外公可一点儿也不一样，你妈妈也不是什么东西都懂的。有些事情成了你的一部分，不是那么容易换的。”

快到煤矿了，什么东西都又黑又脏，满载的卡车呻吟着从我们旁边经过。“你以前也嚼烟草吗？”

“嚼啊，很久以前了，那时想都没想过会有你呢。”

“你戒掉的时候很困难吗？”

“很困难，阿莱克斯，”他静静地说，“比你今后要经历的事情都要难。”

我们到了浴室，小火车从地下的黑暗中轰鸣着冲出来，男人从车上跳下来，大笑着互相吼着，让我想起了课间休息。他们通身都是黑的，只有眼睛和眼睛底下那半月形的部分是例外。爷爷朝我们走来，他的两边是两个叔叔。爷爷要矮一些，脚步也没有叔叔们大，叔叔要调整脚步才能跟他走在一起，就像父亲有时候会配合我一样。爷爷连他的一字胡都成黑的了，或者至少是种很脏的灰色，除了被烟草染成了棕色的底部。

他们一边走着一边摘下他们的帽灯，解下他们宽皮带上的电池，我觉得那些宽阔的皮带倒很适合挂上枪套和六发的左轮手枪。他们还在掏着口袋里的小铜片，上面有他们的身份号码。父亲说要是他们死在地下，靠着这些小片就能辨认出他们谁是谁了。对我来说，这好像也没有带来多少慰藉。

他们在一个像邮局一样的窗口排队，把帽灯和小片交给一个戴眼镜的老头。老头把帽子放在一个架子上，把小片挂到他后面的一块板上。每个铜片都去向一个有着特别号码的挂钩，告诉别人这个铜片的主人回来了。爷爷是572。

旁边的盥洗室里很热，且都是水汽，就像卫生间里的热水龙头开了很久一样。一长排一长排的衣物柜上都编了号，它们前面是木制的长椅。地板是水泥的，铺了小木板条，淋浴在屋子的另一头，轰隆隆响，工人们就赤脚踏着那些木板去洗澡。

“今天玩得开不开心啊，阿莱克斯？”我们走到爷爷的柜子前时他问道。我还没来得及回答，他就出其不意地用他的大手从两侧摁住我的头，猛力地将它在我肩头前后摇晃。我能感觉到他手指上的老茧重重地压在我的脸颊上，我的耳朵被按到了脑袋里，我能感觉到那些细细的矿尘正覆上我的脸，我还能尝到它们的味道，因为他的大拇指就在我的嘴边。跟我之前想的不一样，矿尘并没有很粗的颗粒，与其说像沙子，倒不如说更像烟雾，让我想起母亲用来抹脸的粉。然后他又把我的脸压在他的皮带上，很久都不松手，我的鼻子都被皮带扣顶歪了。我的视觉、听觉、触觉、味觉和嗅觉中，除了黑黢黢的东西什么都没有；我就被包围、淹没在黑色之中，气都透不过来。

父亲从远处喊过来：“你在干吗？放开他！他会闷死的。”大手从我的耳朵上松开，父亲的声音更响了些，听上去像母亲。

现在我黑得都不敢动弹，头顶上两个男人正视着彼此的眼睛。“好吧。”爷爷说，很不情愿地转过身面对他的柜子，开始解他的衬衫。

“大概也只有一件事情好干了。”父亲轻声说，慢慢弯下身把我的鞋带解了。不一会儿我就赤身裸体地站在了木板上；爷爷也一样，站在我旁边。然后他就跟在我身后，指引我沿着这条通向淋浴房的木板小径向前走，离坐在那里的父亲越来越远。我回头过一次，看见父亲孤单地坐在长椅上；他在长椅上铺满了报纸，这样他的西装就不会弄脏了。

就要进入那个巨大的淋浴房之前，我犹豫了一下，有些害怕，但我能感受到爷爷强大的、满是毛发的身体就在我后面；不畏艰险，我们进到了那个水倾泻而下、泡沫中的身体发出呼喊、一块块黄色肥皂来回穿梭的世界。一开始水龙头都被占了，直到我的一个叔叔喊我们，然后某个满身肥皂泡的人给我们指了下方向。我们其实已经湿了，爷爷脸上的黑灰已经从他一字胡的两角淌下，成了两道灰色的细流。

起初那个叔叔从水柱中走了出来，之后我们三个就轮换着站到龙头下，任湍急的热水泼打在我们身上。肥皂颜色很黄，气味刺鼻，闻上去有点像蒙特利尔弗伦球馆的厕所，爷爷告诉我不要让肥皂进了眼睛。我们快洗完的时候，他逐渐把热水关了，又一点点加大冷水，他说这是为了我们出去的时候不至于感冒。我觉得越来越冷，但是他让我尽可能地在龙头下待得久一点，我最后从水里跳出来的时候，全身起鸡皮疙瘩，牙齿都在打战。我们在洗澡的人丛中往回走，虽然人数比进来时少了。在木头的小道上，我回头看我们的赤脚留下的轨迹。

父亲还是一个人坐在长凳上，就跟我们离开的时候一样。他见到我们回来高兴得笑了。爷爷从他的柜子里掏出两条厚毛巾。我们都擦干了之后，他穿上了干净的衣服，而我只是把我仅有的那套衣服穿上了，除了那根又湿又脏的领带（父亲把它塞进了他自己的口袋）。我们又回到了阳光里，又开始爬那条长长的山路，他们让我拎那个午饭桶，里面有个热水瓶，哐当作响。我们走得极慢，话很少。时不时地，爷爷停下来回头看我们走来的路。很美。太阳好像是累了，正落进湛蓝而宽广的海中——海面那么宽广，让人觉得能容得下大概一百个太阳。海水伸手触碰海滩，而那些金色的沙子望过去是纤细的界线，拦着翻滚而下的绿茵。这样的背景里，矿场成了个剪影，像是“美卡诺”金属模型搭出的玩具；不过，忽然就听见铃声响起，从深处飞腾出满载着煤矿的卡车，在隆隆声中卸完了货，又雷霆万钧地驰下坡去。再接着就是黑黢黢的房屋了，一排排朝我们所站的地方推进，然后又会超越我们，向山上更高的地方去了。头顶上，海鸥朝内陆飞去，速度不快却很坚定，好像它们对什么事情都没有疑惑。爷爷说它们总在暮色中飞向内陆，从他记事起便是如此。

我们走进院子的时候，母亲朝我冲过来，抱紧我，好似在质问所有人，又好像在自言自语："这孩子今天都去哪儿了？从一大清早就不见了，一天没吃东西啊。我都快急疯了。"她的手指深深地插进我的头发，我有些不忍心看她这样，因为我知道她是很爱我的。"我去玩儿了。"我说。

吃晚饭的时候我累得都直不起身来，天还没黑透，父亲就带我去睡觉了。我醒过来一次，听见父母在门口低声交谈。母亲说："我真的很努力了，真的。""我知道，我真的知道。"父亲温柔地说道，然后他们就从过道走开了。

两周之后的一个早晨，会送我们回家的火车很快就要开了。我们的行李都已经在出租车里，告别的话都快讲完了。奶奶站在炉子旁边，我是最后一个与她道别的人。就像我们来时第一晚那样，她把我举起来，说："再见了，阿莱克斯，孙子孙女当中只有你，我是永远也明白不了了。"然后她在我手心里塞了张很皱的一块钱，这张钞票像是从来没有被花过。

爷爷今天没去矿里，不过也不在家，他们说爷爷赶在我们前头走去火车站了。我们一路颠簸下山，火车就在一幢低矮的褐色建筑边上等着我们，爷爷在站台上跟其他几个人一边聊天，一边朝站台下吐着烟草。

他朝我们走过来，所有人都等不及似的说了再见。我又成了最后一个，他这次很正式地跟我握手。"再见，阿莱克斯，”他说，“上次你见我是十年前，再过十年，你要想见我也见不到了。”然后我就上了火车；还算及时，因为火车已经开动了。每个人都在挥手，但火车只管往前，因为它别无选择，也因为它不喜欢看人挥手道别。远远地，我看到爷爷转身，沿着他的山向上走去。于是，剩下的只有车厢的摇晃和吱呀声，只有大海的蓝和它上空的海鸥，只有大山的绿和矿场在它身侧划开的深深的伤口。我们什么话都没有说，只坐在静默和孤独中。我们来时走了很长的路，所以，还有很长的路要走。

灰白的金色馈赠

午夜，他抬头看了一眼荧光的可口可乐钟，意识到他已经待得太晚了，心里有种绷紧的荡然无物之感，大概，他是永远迷失了吧。他垂下目光，又猛地抬起来，挣扎着期待在他第二次看钟的时候，会出其不意地抓住时针分针落在其他地方，九点、十点，或许，但这也是徒劳，他们就竖直站在那儿，无丝毫倾斜，就像两根刚硬的控斥之箭，正因为自身的刚硬和正义，要谴责世间一切比不上他俩挺直坚定的东西。

他一开始觉得有些想吐，而一种麻木之感传遍整个手臂又通过腕部抵达他的指尖；类似的感觉他高中里也有过，那次是橄榄球比赛他被撞得昏了过去。他动了动衬衫底下的肩膀，想甩掉些凉意，舌头紧张地舔了一圈嘴唇，眼神也在球桌四周扫了一遍，看了看那些拿着球杆的人，看了看这些构成球桌方形边界的深褐色木板和上面的污渍斑斑。木头台边上还有三个二毛五的硬币，表明还有三个挑战者在等着。然后他又看了看绿色天鹅绒般柔和的桌布，觉得它就像安逸乡一般，让自己在其中脱身不得。最后，他的目光落在黑色的八号球和白色的球杆上，善与恶，他想，一齐盛开在这片绿色的原野上，互相对立，又相得益彰。真的打比赛他这只是第一次，不知怎么就演变成了马拉松似的车轮战。八点的时候，他只不过是在入口的地方停下脚步，书还拿在手里呢。然后，一切就停不下来了，夜间的钟点飞快逃逸，如同梦境般虚幻而轻盈。这种梦境，会像一张纤弱而柔韧的大网，把你缚住，尽管你心里某处很明白：清晨到来时你什么都不会记得，分不清到底是极乐还是痛楚，而醒来到底算是胜利还是失败，你也不知道自己算是永生得救，还是已经万劫不复。

这时一个声音响起来："小老弟，你这是要等到天亮啊，我可没那么空。"他从梦里惊醒，却还在梦中，说道："中袋。"同时他的头也示意了一下那个方向。他握着球杆趴到桌上，他的皮带搭扣因为抬起了右腿所以抠进了肚子，深褐色木头桌沿生硬地抵着他的睾丸，当然，还有击球时光滑的球杆在他指间流畅的摩擦。八号球被温柔地撞了一下，和缓无声地滚过绿茵，最终静静地消失在他眼前。然后，他又听到那个球在桌下某处嘈杂的滚动声，喧哗地在那个黑暗的底层加入到之前殉职的同辈们中去。于是，他看到另一张绿色的钞票袅袅落到桌上，还没等他伸手把钱拿走，有人又塞了一枚硬币进去，把深处洞穴里的球都解救出来，已经准备在用三角框码球了。现在午夜已过，他知道他已经待得太晚了。

早上出门之后他还没回过家。那时八点还没到，他腋下夹着书，踏进十月初的晨曦中。此刻他还能见到那几本书，躺在进门靠墙处狭窄长椅的一头。他的夹克盖着书，好似在保护它们不受伤害，袖子下面他见到代数教材，那本红色封面的几何书，里面用铅笔记了他的分数，大多是九十几分，还有英文课本，里面的诗歌他几乎全都背下来了。这些书与场景极不协调，他隐隐地想去把它们盖得更好些，保护它们，同时也是保护自己——他不想回应这些书本发出的质疑，也不想回答别人因为看到这些书会提出的问题。他的目光向着这个像峡谷一样的酒吧投去，房间又窄又长，抽烟的不少，污浊酸臭的空气中摇曳着一层层叠加的烟雾，他几乎辨不出远端那朦胧的“出口”标志。一条高低起伏的长台几乎和房间同长，一直从球桌旁边延伸到远处乐队表演的舞台，就像一条没有两根轨道的窄轨铁路。舞台上有三个人，两个吉他手兼歌手，一个鼓手，照着他们的灯光始终在变换着色彩，三个人都在汗流浃背地演奏，浑浊厚重的空气里回荡着纳什维尔让人心碎的音乐。长台上则有三个臃肿的、不再年轻的舞女，穿着网线丝袜，动作沉重呆板，脚下也不闪避那可悲的一摊摊泼洒出来的啤酒。她们本要取乐的是沿着长台两侧坐在她们下方的顾客们，但这些顾客也只是例行公事、百无聊赖地抬头望着她们，除了有一个人，头发雪白，用他满是老茧的粗糙的手，上下有节奏地撸着啤酒瓶，看上去就像缓慢的、若有所思的手淫。

空气中的那股味道如同一个没有出口的帐篷，你见不到它，却知道那巨大的棚顶正覆盖、倾轧着它底下的每一个人和所有事物。那种气味里有经年未洗的工作服，不断被汗水浸湿又风干着；有打翻的啤酒和用来清理的那块酸腐的抹布；有地板下面潮湿朽蚀的木材，也有从男厕所那扇基本没有安宁的转门里所传来的：挥发了的尿液，刺鼻的杀菌剂，小便槽里烟草和浸湿了的卷烟纸的残骸。就在小便槽的上方有个告示，用简陋的字迹写着："这里不是烟灰缸，请勿扔烟头。我们不会在你的烟灰缸里撒尿，你也别把烟头扔在这儿。"

所有的这一切都刺激着他的感官，他觉得人生已经一无是处，所有的一切都已经毁了，尽管他还不到十八岁。而且他多么希望这时候他是在家里。

他可以想见这时家里的情形。五个年幼的弟弟妹妹已经睡了。妹妹玛丽，现在十六岁，应该正在帮母亲准备午餐，这样父亲可以第二天放在桶里，带去肉类加工厂。十三岁的弟弟多尼，明知是痴心妄想，但还是在期望电视节目不要那么早结束。一直懒在电视机前的父亲，必然只穿了一件汗衫，套了双袜子踩在地上，裤带也是松开着的。虽然他不承认，但他看电视经常打瞌睡，一头渐渐灰白的红头发就会从头的两侧甩下来；他最终会站起身，过去把门锁上。然后他会突然停住，用粗哑的嗓音问道："杰西人呢？"紧接着，是尴尬难耐的沉默，和一句"这么说，他现在不住这儿啦！"大家都会变得很局促，杯子很干了，母亲还在擦了又擦，玛丽和多尼偷偷交换眼神，看着敦实的父亲抽着烟斗，没有了睡意，用手遮着光凑近玻璃，从一个窗口换到另一个，看他长子的身影是否已在门口的路灯下。他不停地来回阔步走动，好像是在室外——这种步伐他从肯塔基州东部带到了印第安纳州北部，他没想改，而且想改也改不了了。他会咕哝着说："那家伙上哪去啦？"或者语气再加强些，问："那死小子干吗去了，十二点都要过了！"他妻子也在观察，同样聚精会神却不显露在表情上，为的是不让丈夫看到而愈发焦躁。有的时候为了缓和气氛她还会撒谎，或是让某个小孩告诉他："杰西说他在考德尔家，跟厄尔一起学习，说要晚些回来。"

于是，她就独自担起守候和等待的重负，这样或许更轻松些，不同于她的丈夫，母亲的承受总是安静的，所以你几乎感受不到她的担忧，除非在她放松警惕的时候，你能注意到她高高的颧骨周围透露出的紧张，她咬紧的牙关和抿紧的嘴唇。之所以她会说"在考德尔家学习"，或是要别人这么说，是因为这即使不是最佳答案，也比她知道的其他说法更有用。因为她也意识到丈夫跟她一样，对“学习”这个词（和它所牵涉的种种内容）心存的敬意之深，几乎已成敬畏。每当孩子们不知疲倦地带着辉煌的成绩单归来，洋洋得意，他们半文盲的父母总会觉得在上面签个字都非同小可。虽然他们有时候会生气，会故作瞧不起“读书”和那些只是“读书聪明”的人，但其实他们对这两样东西都是全心鼓励的，因为他们在书中见到从未造访过他们黑暗的一道光亮。另一方面，他们也意识到，不管如何推波助澜，他们仅剩的生活也在渐渐脱离他们的掌控。他们感觉自己正被洪流冲下页岩覆盖的肯塔基山坡，手却没有放弃，尽力抓向细枝、草根，但只见皮开肉绽、血流不止。

十年前，埃弗雷特·考德尔最终说服他们北行的时候，他们的确是在一座真正的肯塔基大山之下。考德尔跟这个男孩的父亲在他们与世隔绝的青年时代里，猎松鼠，分馅饼，曾是好朋友，他们的女伴后来也成了他们的妻子，跟着他们去煤矿体味艰辛。矿上的生活和工作，穷困和痛苦是一定的，或许那份未知反倒是好处了。考德尔来了北方，在肉类加工厂找了份稳定的工作，开着半吨轻卡车回来接家人，搬家当，后来他又回来，就是劝青年时代的好友一同北去。就在那时，掘在山坡里的非法矿道坍了，他的这位好友死里逃生。他能幸免于难就是因为见到老鼠朝有光处飞蹿，他便撇下工具跟着跑，差不多踩到老鼠尾巴的鳞片上时，巨石坠落的轰鸣，如枪响般的木料断裂声，已经涌进了他的耳朵。

自那时起，他和他的妻子就越发虔诚，因为他们相信，要么是上帝派那些奔逃的老鼠通风报信，要么就是上帝亲自伸手推着他的身躯向前，甚至，这些都是冥冥之中的安排，告诉他该去北方开始新的生活。这样的生活也有十年了，此时午夜已过，他们留神等着门口的脚步声。

之前，他每次都是十一点半之前回家的，每次都是。每次都是。但此刻，音乐在耳，气味充斥鼻腔，暗淡的灯光下，握着球杆，绿色的桌面铺展在他面前。他看到挑战者放下的硬币，他听到身后还有局外人在低声下注，他知道，不管付出什么代价，即使与自己的灵魂为敌，他也不走，他也不能走。这样的夜晚他已经等了很久，不会重现了。

从他第一次驻足在敞开的大门外，朝里面张望，看里面的人来人往，算起来已经有两年了。那晚是个酷暑天，热量在人行道上后浪推着前浪，他正从杂货铺下班回家。首先吸引他的是音乐，是埃迪·阿诺德和吉姆·里夫斯[①]，这两个人的歌父亲整天在放，让他和他的妹妹觉得很是丢人。他们无法体会歌曲中诉说的寂寞。每个燠热的夏夜，当这样的音乐从他们家的窗口飘荡出去，他们的父母就被打上了“乡

① 埃迪·阿诺德（1918—2008）和吉姆·里夫斯（1923—1964）是美国很受欢迎的两位乡村歌手，和前文提到的“纳什维尔之声”有关，这个流派把流行元素加入到乡村音乐之中，红极一时。

巴佬”的烙印；作为父母的衍生品，他们也躲不掉这样的印记。这个印记他们相当憎恶，希望它永远和自己不相干才好。

那天他站在人行道上，看得出了神，被人挤撞，才知自己堵在了门道口，心里还念着告示“我们不接待未成年人。如果你未满二十一岁，莫入”，一个脚已经在门里了。他还是进去了，虽然总用余光记挂着门口，他的表情他自己就曾见过——像一个意识到自己靠近了白人圈子的黑佬。

于是有那么一周，几乎每天晚上他都会停在门口探看，或者偶尔站到门里。捕获他的，是音乐，是气味，但最让他着迷的，是台球桌边上那几个壮实的男人。某天晚上，他一仰头看到那个拿着球杆的人，他们的目光在球桌上方的虚空中相接，是埃弗雷特·考德尔；好像山上两辆寂寞的货运列车，车灯在午夜投出两道寻寻觅觅的锐利光束，即使只在拐弯错身的刹那，它们也知道永远都不会背弃对方。就在那时，他已经能预见他俩的关系会是怎样的了。他知道埃弗雷特绝不会告诉父亲“那天晚上我碰到杰西了”，而他也不会跟厄尔·考德尔说“那天晚上我瞧见你父亲打桌球了”，虽然他和厄尔在同一个年级，虽然他们是同一个橄榄球队的防守球员。有些事情无视年岁的差异，归根结底，“先后”这样的词是没有实质内容的。

他是这样开始的。晚上从杂货店回家，他会停十几二十分钟，站在门口靠里一点点，倚在墙上观看。那个告示一直在他脑海中，他没有忘记他是个“未成年人”，所以不能“入”，但一天天过去，他越发意识到，其实没有人在乎，就像还有个告示说不能赌博，他们难道又理会了？他开始从门口挪开步子，一点点地深入酒吧，慢慢地他又发现，那些奇怪、粗暴、鄙俗的男人们似乎对他颇有好感，一杆好球之后他们会朝他眨眼睛，没进球的时候会冲他抱怨。再后来，他还发现别说七点下班的时候，就是四点他去杂货店之前，酒吧就已经开门了。橄榄球队不训练的时候，他常常从学校连奔带跑赶到酒吧，就为了能早到那么珍贵的一小会儿。路上他心里只翻涌着一个念想，就是球台最好是空着的。那样他就能把因为小跑时攥着而湿漉漉的二毛五硬币投到球台里。然后他就能看着球被释放出来，听它们滚动的声音，拿出来练习他前天晚上看到的杆法。练习时他全神贯注、绝无懈怠，直到四点那些大汉下工之后出现在酒吧里。那时候他甚至从来都不敢想自己有天会在真的比赛里上场，此时，见到、感受到自己的身体趴在球台上，他有种奇妙的感受，觉得自己能够体会 F. 司各特·菲茨杰拉德那些短篇中的年轻人，他们一直在练习，但始终止于练习，直到人生中的某个时刻到来，一切都不再相同。

他进门的时候打球的有四个人，于是他就在墙边找了个站席做观众，头顶是那个禁止他在此出现的告示。四个中年男人分成两组，眼神扫视四方，身躯缓缓绕着球桌，嘴里不干不净地跟那些球商量着，还不时抹去眉毛上星星点点的汗珠。他们的锦标是象征性的一加元，当然这也有明文规定是不允许的。败方付了钱之后，其中一个说他得回家了，一转眼就没了人影。他的队友于是转过身来，对着墙边那个他一直见到的家伙说："你跟我一起。"又把球杆递给了他。他下意识地接过球杆，觉得他不仅像是菲茨杰拉德笔下的人物，可能更像康拉德故事里的年轻人，他们很多都在行径已成现实之后，还依然觉得自己不可能会干那样的事。就这样，接下任务，夜晚开始。

一开始他的心都在怕输上，因为输了要付一块钱，他还不知道自己拿不拿得出来，所以打得很差，他们赢球完全是因为他的队友。不过第二局、第三局他就厉害不少，打得深思熟虑，很谨慎，虽然没有技惊四座，至少没有输球。他很惊讶，居然那些独自一人的训练课那么有用，那些站在告示底下无数个小时的观战也绝没有白费。他们的对手离开、消失在夜色中，他就和队友开始对打。总觉得鏖战良久，他赢了，一加元也入了口袋。他一直没走，余光里挑战的硬币被一个个放在球案的褐色木边上。无脸的陌生人，只看见手指，那些指甲多数也损坏了，直到他认出一双手来，抬头见到埃弗雷特·考德尔的脸，但他没有说什么，就像第一次照面一样无声。那似乎是很久以前了。他们打球时很安静，两个人都不说话，出杆都很小心，节奏也不快，直到台面上只剩下黑八，年长那位一杆白球进袋，留了一块钱就走进外面的夜晚中去了。又伸出一堆没有名字的手，又一张没有名字的脸。

跟考德尔打球时，头脑中全是各种各样的想法。一开始他有些尴尬，怕对方会试着跟他聊天；接着又想到，要是他输了，倒也合适，在场这么多人里赢他的正好是他唯一认识的人。然后，直到分出胜负之前，他又一直很担心埃弗雷特·考德尔会故意输球，就像一个父亲宠爱自己的七岁小孩，下跳棋故意让孩子赢一样。他希望——甚至祈祷他们不用经受这种尊严扫地、男子气概尽失的煎熬。毕竟，这是他发现自我的夜晚。当他终于确信考德尔是在毫无保留地比赛时，他深为感激，因为这是对方无声的肯定。考德尔输球离开，他心中很多感受就交缠在一起：孤单和忧伤，后悔和愤恨和猛烈而欢腾的自豪，几乎让他觉得有些羞耻。就像站在至亲至爱的墓前。

夜晚飞掠向前，他依然如同身在梦幻中打球。随着时间的推移，他对手喝下的啤酒开始起作用，而他却不会因此昏乱，而且夜深之后，周遭越发迷狂起来，不管是音乐还是酒吧里发生的种种，都没有影响到他。在某段杜恩·艾迪①低

---

① 杜恩·艾迪（1938— ），美国著名吉他手，作曲人。

沉的拨弦声中，他抬起头沿着吧台望去，上面一个中年舞女正撑开她裹着丝袜的粗壮下肢，慢慢慢慢地放低身位，直到她几乎坐在了一个秃顶男的头上。这秃顶男正探出身去，倚在吧台上。舞女有力的大腿内侧夹着男人的两个耳朵，前后摩擦着他的秃头。杰西几乎想要呕吐，马上移开了他的视线；他的下一球出杆太快，没打进。

一点半的时候有人拍了拍他的肩膀，说外面有人找他，他转身看见他的弟弟多尼正在街上朝他招手，酒吧门还开着。他跟球友打了个招呼，快步走了出去，他带上门时太用力了，门很厚实，发出砰的一声。他这个动作好比是在保护弟弟不受吧台上那个女子的侵害，也好比是保护自己，跟里面的人隔离开。

多尼眼窝里那双棕色的眼睛睁得大大的，讲话颠三倒四连不成句子，语速飞快："天呐，你最好快回去。他们都不肯坐下，看着窗外。糟透了，特别是爸爸。他抽烟抽疯了。他现在脸上就是那副古怪的表情。他们不知道你在干吗啊。"

一开始他有些害怕，装出一副他觉得这挺好笑的样子。"你看，现在都一样了吧？反正已经太晚了。我还不如在外面通宵呢。"

"可杰西，你也知道等你回家的时候会是怎样的光景。"

"所以啊！等我一早回家又能坏到哪里去呢？"多尼脸上的表情明明白白在说，早上回去会坏不止一点。

“杰西，那我跟他们说啥啊？”

“告诉他们我在打桌球。”

“他们不知道桌球是什么东西，那要是他们问在哪儿呢？”

“你就告诉他们。”

“杰西，你脑子坏了。老头要是一听说，五分钟之内就到了。你也不是不了解他。根本无法预料他会干出什么事情来。”

他于是想到，蕴藏在他父亲身体里的暴力是何等骇人，那种暴力在他体内深处隆隆作响，就像高山底下喧嚣的激流，在某个目光难以触及的深穴中，拍打着暗石，水花飞溅。他记得他只见过一次，那时他还小，记不清是在哈扎德还是哈兰了，在商店后面的停车场，毫不夸张地说，那个被父亲击中的男人像一个变形的布娃娃，从停车场的一头飞到了另一头。他记得那个人完全瘫在那里，半天一动不动，鲜血从打断的牙齿间淌出，成了几条涓涓的深红色细流。母亲祈祷：“哦上帝啊，不要让这男人死去啊，我求你。”父亲靠在墙上，用手臂藏起自己的脸，或许他也在祈祷，不过他依然紧握着拳头，指关节都泛白了，就好像他还想拼命抓住某样东西，可具体是什么他也不知道。过了一会儿，他们也哭了，他们是孩子，哭是因为他们知道出了事，但除了哭不知道还能干吗。

他身后，门打开了，他一转身就又看到吧台上的舞女，门口勾勒出一个男子的影子，他问："球要打完吧？我可没工夫再等下去。"他吓了一跳，忐忑起来，跟多尼说："听着，我得走了。自己编个故事吧。跟他们说我没事。我晚些回去。"他转身离开大街时，眼神也避开了他兄弟的脸，他觉得弟弟应该哭了但他不想看见。

重新进了球房之后他想着，多尼是世上最好的弟弟。他想到多尼从来不会出卖他，想到多尼会花几个小时帮他把鞋擦得锃亮，会一心一意地追着他掷到九天之外的棒球，想到当他刚学会抽烟时，多尼会像一个不知疲倦的小机器人那样满镇子捡旧瓶，就为了让自己的哥哥能买上一包珍贵的香烟。有时候他觉得，要是他叫多尼从某幢高楼的楼顶往下跳，多尼也绝不会有丝毫犹豫。一想到他拥有这种可怕的权力，他感觉自己的心都被攥紧了。

酒吧关门是两点钟，不过他三点才出来，意识到自己没有地方可去了。回家不行，现在既太晚，也太早。于是他走上大街，又拐进一条小巷，立在黑暗之中，听着老鼠窸窸窣窣来回的声音，等待着黎明。他琢磨着，要是有人走过看到他腋下夹着书，站在小巷子里瑟瑟发抖，他该说些什么。几乎是因为害怕，他躲到一幢房子的阴影里，把手塞进了口袋。这时候他摸到了那些钱，好像是受到了什么惊吓一样跳了起来。他打球太过专注，完全忘记了收进囊中的那些一块钱纸币。他摸到了两团皱皱巴巴、绞乱在一起的钞票。现在这是阴冷潮湿的两团，但不久之前，因为他沁汗的大腿，它们还曾温热，甚至有些湿润。他试着在没有光亮的情况下点钱，而且都没有把它们拿出口袋。他用指尖捻到钞票的一角，会判断刚刚是否点过，然后又去摸索下一张钞票，就这样他点完了一个口袋，又去点另一个。但他绝望地发现每两次点的都不一样，最后他放弃了，突然又走回到了大街上。

走进二十四小时营业的咖啡店，他坐到倒数第二个座位上，把书放在最后一张桌子上。他希望在那里可以不被注意，至少能自己单独待一会儿。坐下之后，裤腿就绷紧了，他能感觉到鼓鼓囊囊的口袋凸起着，即使不低头也知道外人看起来是什么样子；他也不敢低头，既怕实际情况果然与他最坏的预期相符，也怕会引别人注意到自己不想张扬的东西。他心里想，这就像青少年的勃起，总是莫名其妙，来得不是时候，等你意识到，它就已经在那里了，不招即至，斥之不去，错得不成体统。

他点了咖啡之后，把皱巴巴的钞票先从右口袋慢慢抽出来。他想，大概因为他是个右撇子。然后他把钱一张张地捋正、压平，它们依然带着潮气和一丝盐味。十九张。接着他又把左边口袋装着的也照样点了一遍。十二张。一共三十一加元。

他走出咖啡馆，钱都折得很好，放在他胸口的衬衣口袋里；他的心境完全变了。他想回家，把钱交给父母。从小到大只知索取，这是他第一份还算有些价值的回馈。于是他心里突然满是对父母的爱——他父母是奇怪的人，他一直觉得很难理解。他们依然会长途跋涉回肯塔基山，当老破车经过辛辛那提通往考文顿的宏伟大桥，他们还是无法抑制地要表达自己的激动情绪；回来之后车上的红山土还故意不洗，停在院子里等雨水来冲刷；而且他们听的也始终是“乡巴佬”的音乐。

有那么多次他为父母感到羞愧，此刻倒正是因为这个，心里有些愧疚了。他还记得搬家之后的第二年，他四年级，“家长之夜”那次经历简直不堪回首，他还记得当时是如何恳求他们要去，还能见识一下学校里各种美轮美奂的东西。当时他们自己也略有些激动起来，为了迎接大场面把脸都洗得泛红了。可一旦进入学校豪华的建筑里头，他们本来有的气度似乎一下溜走了，就好比他们鞋底有施了魔法的塞子，突然被拔了起来。他们见到人形的数字、一英尺高的字母，还有各种各样的布告：从刷牙到过马路到冬天喂鸟，似乎世上所有的事，此处的墙壁上都能找到指导。在这个诡异陌生的世界里，他们变得茫然、空白，说不出话，慌张得几乎要昏倒。她母亲一直在说“真好啊”，“这确实是真好”，“这东西确实是好啊”，一遍遍地重复着，就像她的思维卡在了某条沟里；而他父亲的台词——一边用他的大手把帽子摁成一团——则是："真是挺喜欢这儿的。"他用这句台词不分对象，碰到老师、其他家长、门房师傅都这么说。从他四年级老师唐斯小姐眼中，他读到了那个未言明的疑惑：杰西这么聪明的小孩，父母怎么会是这样的？他现在回想，自己当时也有同样的疑惑。

他回到家是五点三刻。他之前还在通宵的加油站停留了一下，把三十一块钱换成了一张二十、一张十块。大家都起来了。母亲在做早饭，虽然离平时的早饭时间还有一段时间。餐具已经摆好，桌旁边父亲装早饭的桶还没有盖上。大家都不说话。他有种奇怪的感觉，觉得自己聋了。他从未想过原来他的家还可以这样安静。他看看母亲，母亲的眼睛盯着炉子；他又看看多尼，弟弟看上去马上要落泪了。

就像这场戏本该由他父亲开场似的："那你该死的到底去了哪儿？"这句台词很清晰，像精心排练过，像是父亲之前一遍一遍练习过多次，而且听上去也没有他预料的那般响，那般凛冽。于是，他——一个没有排练、台词不熟的演员——还是跌跌撞撞到了舞台中央，开始他自己的表演。他的内心告诉他："说真话。"一个古怪、生疏的声音说道："我在打桌球。"

"我们等了你一晚上，"母亲的声音很平和，每个单词的尾音都听得到，"我们还以为你出了什么事，被人打了，或是被人抢劫了。"

他突然很幸福，因为大家的担忧而心里满是温情。他的嗓音突然激动起来："没有没有，什么事都没有。我什么东西都没少。我还赢了。看！"他开始把三十一块钱从口袋里掏出来。有人问："多少钱啊？"他几乎要笑出来："三十一块。"他终于把礼物从口袋里完全抽出来，放在桌上。

母亲说："你要想在家里吃上一口早饭，先把钱去还掉。"

全速前进时突然被制止，他几乎瞬间颓唐下来，就像打橄榄球时找到防线的一道裂隙就猛冲过去，可光线消泯，裂口闭合，而对手的分量要把他的命都压出来了。

他开始生气，大吼："还掉？还给谁啊？"

母亲的语气依然平静："从谁那里拿的就还给谁。主待我们很好，他大概绝不会认同这些东西的。"

他突然哭起来，眼泪中满是愤怒、哀伤和绝望，他试图解释："你没明白。这跟主没有关系。我不是偷的。这些钱是我的，是我赢的。不可能还了，我连他们的名字都不知道。"

父亲说："你妈说了的话就得听。"他冲出房子，站到大门口哭起来，直到多尼出来，他只得停止哭泣。他的手在口袋里一直攥着三十一块钱团成的小球，掌心出汗，已经把那三张纸币完全浸湿了。他眼前，沉睡的市镇即刻就要醒来，他不知道该怎么办。

他走了出去，不过马上就奔跑了起来。在清晨的微曦中，他跑过好几条街道，又横着穿过另外几条，到了考德尔家的院子，这时他慢了下来，装着好像只是出门散了个步，虽然有些喘不过气来。

埃弗雷特·考德尔正一个人坐在厨房里，喝着咖啡在听广播。他的收音机很小，但正勇猛地替他抓来从西弗吉尼亚州惠灵来的飞速衰减的信号。其他人都还没起，埃弗瑞特自己也衣衫不整：脚上只套着袜子，厚衬衫的扣子没扣上，宽阔厚重的皮带也还没把他的裤腰给紧紧地扎起来。

“咋了，杰西？”他说得很随意，如同周日下午在门阶上削着一根棍子，“最近还行？要不要来点咖啡？”

他没问为什么这个时候他不在家里，这出乎他的意料，但惊讶很快过去了，因为他到这里来的原因像雪崩一样把惊讶掩埋在了下面。“这些，”他说着，把三张有罪的、满是汗渍的钞票从口袋里抽出来，塞给对方，“这些，拿去。是你的——你昨天输了。”

这个强壮的男人很温和地说：“放松点，小伙。先坐下。这是干吗啊？跟我说说怎么回事。”他开始填他的烟斗，好像天长日久，世界永不会终结似的。而词语跌落出来，一个接着一个，一个压着一个，互相争赶、撞击，发出轰鸣，就如同炭块在传送槽上蹦跃而下。那是他脑海中肯塔基留下为数不多的画面之一，大大小小的炭块碰撞、翻滚、坠落，大炭块碎裂成小炭块——他最后说:“我非得把这些钱还掉,还你是因为你输了,我赢了——我不该赢的。”

那人把钱收下了,三张污秽的钞票,二十块、十块和一块,放进了敞开衬衫的口袋里。“行,小伙子,”他说,“你爹是个好人,你妈也是。回去吧,告诉他们你刚刚做的事情。要是他们找我,没事儿我就跟他们说:‘当然了,他把钱给我了,一张二十的,一张十块钱,还有张一块的。’就是你刚刚干的事儿啊,没错。”

他走到门口的时候听到背后有人喊他的名字,他转身见到考德尔穿着袜子悄无声息地跟了过来,已经站到了他的面前。还来不及做什么动作,长者已将三张纸币塞进了这位客人的衬衣口袋。“就这么着,”他说,“没问题。谁也不用撒谎。你给了我钱,我也拿了。咱俩就这么让它去吧。你赶紧回家,我听见楼上的部队已经有动静了。”

于是他出门走进了新的一天,过了一会儿他甚至零星吹了段口哨,他思忖着下礼拜的几何考试他会如何漂亮地拿下,而当天的下午,熟悉的橄榄球护垫将落定在他期待的肩膀上。他已经可以感觉到浸透阳光的球场上那些呼喊和击掌,就在他开始小跑的时候,脚底响起金色落叶翻卷的声音。

船

即使是现在，我有时四点醒来，还是满心恐惧，怕自己睡过了头。觉得父亲正在黝黑的楼梯下等我，觉得有石子打在窗上，那是赶着去海滩的人，在下面呵气暖手，还有不耐烦的跺脚声从冰冷、坚实的土地传来。有时我从被窝里探出身，遍寻不着袜子，话也说不清，突然意识到我只是可笑地孤单着，没有人在楼梯下等我，码头外也没有船在不知疲倦地往来。

这种时候，只有床头烟灰缸溢出的灰色尸身，目睹着星火消亡，默然等候它们下一个同胞的殉灭。我害怕与死亡独处，便飞快地穿好衣服，大声清了清嗓子，把水槽上两个水龙头都旋开，让飞溅的水花继续制造些无谓的噪音。然后，我出门去，走大概一英里的路有个通宵营业的餐馆。

如果是冬天，一路上极冷，到餐馆的时候我常常淌着眼泪。女服务生很多次感同身受地也打个寒战，说："天呐，外面该有多冷，你都在流眼泪啊。"

"是啊，"我会回答，"还用说嘛，真的很冷。"

我们有那么三五个人，总是在这样的时候出现在这样的地方，说些无关紧要又无甚趣味的闲话，聊作慰藉，数着黎明不情愿的姗姗脚步。天终于亮了，我吞下最后的咖啡，每次都满嘴苦涩，匆匆起身离去。到那个钟点，我又开始担心会不会迟到，有没有干净的衬衫，担心汽车会不会发动，以及其他千百件值得担心的事情；在那个有名的中西部大学教书的人，都会这样的。可当时我就又清楚，那一天还是会平安地度过；十年来，无一日不是如此。在清晨的昏冥中，那些呼喊、话语、身形，其实都不在那里，那条船也不在那里。都是幻影和回声，是隔着灯光，孩童的手形在墙上映出的飞禽走兽，是屋外水桶承接雨滴时的絮语。那几帧画面像是从老电影的黑白过往中剪出来的。

我知道有这样一条船，和我意识到身边有这样一群人几乎是同一个时候、以同样的方式发生的，而我也一并知道，这群人的生计都仰赖在那条船上。关于父亲最早的记忆，则是从地板上高高的雨鞋的空隙间望到他，突然我就升空了，脸被按到他的胡茬里去。父亲的脸颊和胡茬都是咸的，父亲从他雨鞋的红跟到他蓬乱的白发，闻上去都是咸的。

我很小的时候，父亲带我第一次去坐那条船。从家到码头的那半英里路，我坐在他的肩膀上。我记得他大步踩在砾石滩上的声音，记得他曾经爱哼的粗鄙小调和空气中盐的味道。

船舱里也弥漫着一样的味道，因为这种气味始终不变，我一直不知道自己身在何处。我们在港口里兜了一小圈就回来了。他用缆绳把船尾牢牢绑在不动锚[①]上，把我举过头顶，放到坚实的船坞上。他自己从一个小铁梯爬上来，又把我放在肩头，大步离开。

回到家里，每个人都觉得我这点年纪就扬帆远航，非同小可，问我："你觉得船里怎么样啊？""你在船上怕吗？""在船里哭了没有啊？"没有一个问题离得了"船"字，当时我就知道，它对每个人有多么重要。

对母亲最初的记忆，是父亲一大早就去了船那边，屋里就剩我和母亲。她似乎总在修补"在船上弄破"的衣服，准备"在船上要吃"的食物，或者，就是在我们厨房那扇面朝大海的窗口搜寻"那条船"的踪影。大概到了中午，父亲回来，她就会问："唉，今天船上怎么样啊？"这是记忆里我第一个会问的问题："唉，今天船上怎么样啊？""唉，今天船上怎么样啊？"

我们生命中的这条船登记在霍克斯伯里港。新斯科舍人叫它"岬岛船"，设计出来就是让近海的小渔民能在春天捕虾，夏天捕鲭，再之后还可以捕大西洋鳕、黑须鳕和无须鳕。船有三十二英尺长，九英尺宽，动力都来自一个雪佛

---

① 不动锚所缚系的船只往往停泊在固定地点。

兰卡车的引擎。它有一个水上离合器和高速回动装置；船身漆成淡绿色，船头一侧印着黑色的“珍妮·琳”字样，船尾横着块长板，也刷着同样的字。“珍妮·琳”是我母亲的名字，如此命名，是要让她作为一环接入到传统的那条长链中去。码头泊着的那些船，上面绝大多数是家中某位女子的名字。

现在说起这些事，好像我当时就什么都明白了一样。什么船的尺寸、引擎的种类，我一下子都了然于胸。又好像我孩提时第一次去，一眼就看出船名一个是模板印上去的，一个是刷上去的。当然，事实远非如此，我学得很慢，而时间又总是走得太快。

我最先学到的是关于我们家的房子。以船坞为中心，一共有五十栋左右的房子绕着马蹄形的港口，我们家是其中之一。有些房屋靠海太近，大风浪时，拍起的浪花能直接泼在窗上。我们和其他几户人家，就住得稍远些。这里的百姓，和邻近村庄的居民一样，都是因为对爱尔兰国内不满，或是因为苏格兰高地的肃清运动，或是美国的独立战争，而来到这里，建起了屋舍。一些是随性、易动感情的凯尔特人，信奉天主教，因为英格兰人去了他们国家，他们就来到这里；一些是敏锐坚定的新教派清教徒，因为一七七六年英国人走了，他们也待不下去了，于是也来到了这里。

家里最重要的一间屋子是厨房，就是老式、狭长的那种。取暖的炉子烧的是木柴和煤块，炉子背后有箱引火柴，旁边是个煤斗。厨房正中站着个笨重的木桌，有可以翻折的木板增减它的尺寸。五张木头椅子是家里人用各种刀具劈凿而成的。炉子对面，靠着东墙，有个中间陷下去的沙发，上面有个垫子用来当枕头。沙发上方是个架子，收着火柴、烟草、铅笔、旧鱼钩、零散的麻绳和一个塞满账单跟收据的锡罐。南墙没有其他，只被一扇朝向大海的窗户占据。北墙上则是一块五尺长的板，上面的各式衣钩每个都挑着它们自己的担子。板的下方堆着不少鞋子，大多数都是橡胶鞋。这面墙上还有气压计、一张水域图和放着小收音机的隔板。厨房是大家公用的，也是个中间的缓冲地带，因为它一头通向十个都收拾得一丝不苟的房间，而另一头只有一间，是父亲的，里面混乱得如同一场灾难。

母亲打点家务，就像她兄弟们对待他们的船只。每一样东西都一尘不染、井井有条。她个子高，皮肤黑黑的，总让人觉得她充沛的精神里满满全是力量。尤其是她岁数大了之后，时常让我想起托马斯·哈代笔下的人物，特别是外形，酷似游苔莎·维尔①。家里的七个小孩，她让每个人都吃饱、穿暖，食物都是她准备的，甚至衣服，大多也是她亲手做

① 游苔莎·维尔是哈代小说《还乡》的女主人公，年轻貌美，如“未经雕琢的神性”被弃掷于荒原之上。

的。我家的园圃他人见了都不敢置信，花开得华美，她养的母鸡、鸭子也是一窝窝地茁壮成长。她可以走几英里地就为给家里摘些果子，而潮水落下的时候，她还会撩起裙子去挖蛤蜊。二十六岁嫁人时，她比父亲小十四岁。有大概十年左右，她一直是当地有名的美人。母亲和她家族的人一样，是属于大海的。对她来说，所谓远景，不过就是她无畏的黑眼睛望去，那海天一线的地方。

厨房挂衣板和气压计之间，就是父亲的房门。门后，则是满满一屋的邋遢和凌乱。好比是长年在我们屋外喧哗的大风，终于得以登堂入室，且独独进了父亲的房间，将里面卷得一片狼藉之后又悄然撤离，重又在屋外故意大笑。

父亲的床靠的是南墙，永远是乱糟糟从没整理过的样子，或许上面是有被子的，但总是被他整个人压在下面，相比之下，他真正钻到被窝里去的时候反而不多。床边上放着一个褐色的小圆桌，上面堆着一个古老的鹅颈台灯、一个破旧的收音机、一垛火柴、一两包烟草、一叠卷烟纸和满满当当的烟灰缸。桌子和桌下的地面上洒满了如幼虫般棕色的烟丝和烟灰的白点。桌面曾几何时也漆得闪亮，但因为多年以来那些无人照料的烟头，早已伤痕累累。多少个烟头曾不被觉察地从烟缸的小山上跌落，将它们的故事永恒地烙进了木头桌面，直到燃烧的气味传开，才最终召来了它们的杀身之祸。床尾有扇窗，望得见海。

邻着的墙旁边有张写字台，写字台旁边是个衣柜，里面有他唯一一件哔叽西服，还不合身，两三件会勒到脖子的白衬衫和硌脚的黑色方头皮鞋。有些衣服对他更友好些，比如他厚重的羊毛套衫、母亲给他织的手套和袜子、羊毛加鹿皮的衬衫，不过这些衣服他都随手堆在房间里唯一一张椅子上。如果他躺在床上的时候正好有客人进来，他会让别人把衣服都扔到地上，把椅子空出来坐。

杂志和书覆盖了整个写字台，甚至在椅子上还要跟衣物抢夺地盘。小圆桌本来已很英勇，它们却还要再加重它的负担，而收音机上难免也要顶几本书刊的。床底下那个像是窑洞般神秘莫测的空间，也已被塞满。写字台边上的墙角，书从墙上洒落，从地板上垒起。

杂志都是最常见的那几种：《时代周刊》、《新闻周刊》、《生活》、《麦克林》①、《家庭先驱周报》②、《读者文摘》。它们的到来往往要归功于各种各样的订阅促销活动，以及圣诞时会有的订阅礼包："两年杂志，仅需三块五。"

书的品种就比较杂。有几本富丽堂皇的精装书，有几本让人眼前一亮的曾经的"当月好书"，其中有些是圣诞或是生日礼物。但大多数都是二手的平装书，是从会在杂志最

---

① 加拿大最具影响力的杂志之一，风格类似《时代周刊》。

② 一本关注加拿大农村生活的周刊，1857年创刊，二十世纪六十年代停刊。

后做广告的二手书店买的："各类二手书十分加元一本。"一开始尽管母亲心疼开销，他还是自己邮购，后来我的几个姐姐都搬到城里，常往家里寄些书来，父亲自己买书的次数就渐渐少了。特别是早先，收到的书目五花八门，有时十分诡异。米奇·斯皮兰①、欧内斯特·海考克斯②会和福克纳、陀思妥耶夫斯基狭路相逢。送来企鹅出版社"诗人丛书"里的杰拉德·曼利·霍普金斯，同一个盒子里还会有本讲授性爱技巧的小书，叫做《如何从爱中获取更多》。前者有人用极蓝的钢笔和优美的书法作了详尽的注释，后者也被人仔细研读过，且显然此读者拇指肥硕，所以页边上的指印至今清晰可辨。只消轻微触碰，《如何》会自动打开到特别露骨、也格外污秽的那几页。

当他不在船上的时候，父亲大多时候都穿着袜子躺在床上。裤子最上面的两个扣子总是解开着的，而那张椅子也总是从旁待命，随时准备接受扔来的那件衬衫。他一年到头穿着羊毛内衣，袖子会被卷到手肘处，枕头放在脑袋后，衬着他的白发。鹅颈灯照亮他手中的书。烟灰缸里始终有烟头明灭着，丝丝缕缕地升腾起来。桌上的收音机始终开着，有时响些，有时轻些。午夜，或一点，或两三点、三四点，人们

① 米奇·斯皮兰（1998—2006），美国犯罪小说作家。

② 欧内斯特·海考克斯（1899—1950），美国西部小说作家。

会时而听到广播，听到他的咳嗽，听到看完的书被扔向墙角书堆时，在空中扑腾的声响。他似乎从来不睡觉，只小憩，而他窗口的光亮整夜整夜地照向大海。

母亲鄙视这个房间和这个房间代表的东西。我出生之后，她就再没有在那里过夜。她鄙视的其实是混乱，不管是房间的混乱，房子的混乱，作息的混乱，抑或是人生的混乱。而且她高中毕业之后就再没有翻开过一本书。高中的时候，她读了《艾凡赫》①，觉得完全是浪费时间。但不管怎样，房间依旧在那里，如同在空阔的深水港口之下，藏着一块誓不随波逐流的暗礁。厨房是我们的生活所在，父亲的房门朝厨房常年敞开，我们对里面的情况一清二楚。

家里的姑娘都很美。她们都像母亲，身材高挑纤细，五官精致，再加上有紫铜色微微泛红的头发映衬，更显面容姣好。据说这是父亲头发的颜色，当然他现在已经是满头皆白了。她们读书也很聪明，回家还常帮母亲分担很多家务。都是孩子的时候，她们经常唱歌，无忧无虑的，对我也很好，因为我岁数最小，还是家里唯一的男孩。

父亲从来就不允许她们像别人家的孩子一样，去船坞玩耍，只有等母亲派了个什么差事，她们才能过去。她们完成

---

① 《艾凡赫》是沃尔特·司各特 1820 年出版的历史小说，又译《撒克逊英雄传》、《劫后英雄传》。

了任务往往也不走，在钓鱼的棚屋、堆起的渔栅或一桶桶的拖网间玩喧闹的抓人游戏或捉迷藏。船坞下面的桩子都布满了青苔，她们俯身见了鲈鱼绕着桩子慵懒地穿梭，总要大呼小叫；那些由绳索轻轻拽着的船只，也被她们跳进跳出。母亲是从来不担心的，要是父亲讲了她几句，她总会回答“不会有事的”或者“比那危险的地方多了去了”。

到了九年级十年级的时候，她们一个接一个地发现了父亲的房间，变化也就随之而来了。她们都是某天早上父亲出门之后进去的，要么是志向高远地想要拨乱反正，要么就是更实际些，只是想清空烟灰缸。过不了多久，她们就会发现自己已被手中的书本深深地吸引，不愿再动弹。母亲对此的反应从不温和，时常几近愤怒。她会骂：“别往那堆垃圾里面钻，过来干你的活。”有一次我看到她扇了我最小的姐姐一巴掌，她是如此的用力以至于她的掌印就鲜红地留在了女儿的脸颊上，此时那本原来就快散架的简装书扑腾了一下，也无奈地落向地面。

之后，母亲就发起一场运动，要扭转她新近察觉又不能理解的趋势。虽然她本人并不笃信宗教，但有时却也援引上帝加强她的论述：“你们这些不干正事、只知道读闲书的人，你们这是浪费生命，到了来世，看上帝怎么料理你们。”有时也干脆拒绝神学的帮助：“我倒想知道，有谁过日子真得了看书的好处？”如果父亲在家，她重复这些论述的时候声音会更响些，父亲躺在床上，这些批判会一路传到床头。父亲惯常的反应是将收音机也开得更响一点，虽然这个动作本身就暴露了母亲的这轮进攻取得了成效。

姐姐们开始读书后不久，就不太受约束，补袜子和烤面包已经提不起她们的兴趣，后来她们夏天都去了“海鲜餐馆”当服务员。这家餐馆是波士顿一家公司开的，服务的就是七八月份蜂拥而至的游客。这整个运作母亲都十分鄙视。她说，这既不是“我们的人”开的，也不是“我们的人”去吃，总而言之，是外人开给外人的。

“这些人到底是谁啊？”她问道，头发甩到脑后，“我们这儿的风土人情，他们背着照相机转一百年也懂不了。我和我的生活方式关他们什么事？他们又关我什么事？”

我的姐姐们居然会考虑去那样的地方打工已经让她很生气了，父亲丝毫不加阻拦更是火上浇油；她担心自己，担心她的家庭，也担心她的生活方式。有时她会轻声细气地对她姐妹说：“我不懂我的女儿们都怎么了。她们的兴趣怎么都不在对的事情上？”有时候，争吵会变得激烈，甚至凶残。一天下午，码头上有人给了我三条鲭鱼，快进门的时候听见母亲说：“总有一天，她们不当心怀了孩子回来你就满意了吧，你就得偿所愿了是吧。”

从来没听过母亲说这么狠的话，不单单是措辞，狠就狠在她的语气。我站在门廊不能呼吸，时间如同你十岁到十五岁间的那段日子一样，漫无尽头。我的大腿感到那几条湿湿的鲭鱼正在变得黏腻，它们银色的眼珠十分呆滞。

从纱门隙开的角度正好看见父亲，他正要回房间，突然以胶鞋的脚跟为轴，转过身来，瞪着母亲；他头发雪白如冰霜，而一双蓝眼睛恰如冰雪覆盖下的最澄澈的冰凌，放出精光。他平日里红润的脸上满是憔悴灰暗，他六十五岁的人穿着那双胶鞋在八月天里干了十一个小时，那种疲惫此时才见到。有一瞬间，我甚至疑惑，要是父亲此刻把母亲杀了，而我正提着三条愚蠢的鲭鱼站在门廊里，我该怎么办？接着，父亲转身进了房间，只听到收音机高声宣布明日的天气情况。在广播掩护之下，我偷偷退开了。等我再回来的时候，我故意把脚步踩得很响，关门也特别大声。母亲正在炉灶旁忙着，我把鱼扔进锅子里，她也没有抬头。我朝父亲的房间里看了看，问："唉，今天船上怎么样？"他回答："不算差，很多事情也没办法。"他仰面躺着，正在点他的第一根烟，广播里听到的是弗吉尼亚海岸的事。

姐姐们靠小费攒了不少钱。她们给父亲买了个电动剃须刀，父亲还试着用了一段时间；另外，她们又给家里订了几种杂志。照着母亲喜欢的款式，她们还给母亲买了很多衣服，像宽边的帽子和织锦的连衣裙，不过，母亲拿了去都锁进了箱子里，一件也没穿过。

也是八月，有一天下午，几个姐姐说服父亲用那条船载几个餐馆的客人出海。那几位游客一身名贵衣服，戴的墨镜携的相机都价值不菲，沿着船坞一侧的铁梯笨拙地往下爬。父亲在下面候着，一手抓着铁梯好让“珍妮·琳”紧紧贴着船坞，另一只手会扶一把爬下来的客人。她们既想保持端庄，又很向往百事广告里那些女子的风中凌乱，已经表现得很尽力了。因为横坐板溅上了血污，散落着鱼的内脏，她们坐的地方都先铺了报纸。她们还很默契地都挤到一边，船都差点倾翻；拍照自然少不了，或者她们只是伸手去划破那如梦似幻的水面。

父亲很受欢迎，在港口里绕了几圈回来，她们邀请他去木屋里坐坐。木屋是她们租的，高高地在山侧，下觑那个与它无涉的渔村。面对着醉人的景致、陌生的同伴和饮之不尽的烈酒，父亲大醉。那天下午晚些时候，他开始唱歌。

我正好去码头传达母亲的召唤，快到的时候，父亲开始唱了。那个熟悉而又陌生的声音从木屋沿山坡滚滚而下，我的感受前所未有，或许，那种感受一直都在，只是我没有意识到。我既觉得骄傲，又感到羞恼；既觉得年轻，又感到迟暮；既觉得自己得到了拯救，又感到无止境的迷惘。对于颤抖的双腿和流泪的双眼我无能为力，有些东西我无从说起。

游客们都装备着录音机，而父亲一唱就是三个多小时。八月炎炎，港口一片蔚蓝，不似人间。父亲浑厚的歌声传到山脚，从水面弹起，隐没于码头和棚屋间，那里有人在为明天捕鱼装上诱饵。

水手们过去唱过的号子他全唱，这都是从旧世界带来的，曾经唱这些号子的人，也和他一样，世世代代都拉着纤绳。然后，他又唱了东海岸那些歌颂诺森伯兰海峡捕海豹船的曲子，以及大浅滩、安蒂科斯蒂岛、塞布尔岛、大曼南岛、波士顿海湾、楠塔基特岛、布洛克岛为延绳钓船所作的歌。慢慢地他又换成盖尔语的饮酒歌，这些歌动辄二三十段，再加上省不掉的副歌，听上去就像永不会完结似的。棚屋里的人有时听着便要发笑，既是因为其中一些粗鄙的歌词，也是因为想到父亲身边的人在鼓掌，还录下来要带回古板的波士顿，其实根本不知道唱的是什么。又晚一些，日落西山，父亲转向挽歌，唱起狂荡不羁又萦绕不散的盖尔语战曲，歌里唱的是他也没见过的人，那些来自苏格兰高地、满身血污的祖先。歌声止遏，三百年摧人心魄的忧患笼着宁谧的港口，舟和人都不做声；男人们倚着门框任烟头灼亮在暮色里，女人们抱着孩子，从窗口望着海的方向。

父亲回到家，跟以往一样，把挣到的钱扔在厨房桌上，但这回母亲碰也不愿碰。第二天白日里父亲去棚屋跟别人一起给排钩上饵，晚上那些游客来，母亲堵在家门口告诉她们父亲不在，虽然他就躺在几英尺外的床上，抽着烟，听着收音机。母亲就那样站在门口，直到她们悻悻然离开。

冬天的时候，她们寄来一张照片，就是唱歌那天拍的。

背面写着“赠与我们的欧内斯特·海明威”，“我们”两个字还加了下划线。一同寄来的还有一封信，说她们当天有多尽兴，回去之后那盒磁带又多受欢迎；还解释了“欧内斯特·海明威”是谁。这张照片从某种角度上说，倒是有些像海明威胡子拉碴在古巴留下的影像。父亲在相片里显得异常魁梧，跟他坐的那张白绿相间的沙滩椅相比，他的渔民服实在过于肥大，而他的那双套鞋也似乎覆盖了整个精心修剪的草坪。一把沙滩遮阳伞摆在他晒伤的脸旁边，有些不伦不类。父亲的嘴唇春天刮风会皴裂，到了夏天，烈日被水面反射，他的嘴唇又会被晒伤。照片上，因为父亲已经唱了有一会儿了，可以见到他嘴角和白色的牙齿上，有星星点点的血迹。为了防擦伤戴的铜手链在照片里看起来大得异乎寻常，宽皮带松开了一些，厚衬衣和内衣也全在领口处解开，露出灰白芜杂的胸毛，就快要接上颔颈处尚未完全失控的胡碴。他的蓝眼睛径直对着镜头，他的头发白过他左侧肩头的两抹微云。海就在他身后，那平旷的蔚蓝一路延展，直到某处与那同样蔚蓝的穹窿相逢。这些似乎都离父亲很远，抑或是父亲太突出于前景，让海都显得小了。

每一年，我都会多一个姐姐开始读父亲的书，开始在餐厅打工。有些颇不凉爽的夏夜，她们很晚回来，在台阶上母亲总会问很多冗长、尴尬的问题，每个姐姐都很厌恶，避之不及。上楼梯之前，她们总要先去一下父亲房里，于是我们这些在楼上候着的人就会听到，为了空出那把椅子，衣服被扔到地上的声音，或者听到吱呀一声，表示姐姐坐在了床沿。有时他们会聊很长时间，窸窣的说话声和收音机里的音乐聚成一团神秘的雾翳，轻柔地拾级而上。

我的叙述大概又会让人觉得，这一切都是同时发生的，而我的姐姐也是一样的年纪，如同相约赴海的旅鼠般[①]共同进退。所以我只好再提醒一次，事实并非如此。不过她们的确是一个一个都走了，去波士顿，去蒙特利尔，去纽约；和她们一起的年轻男子也都是在夏天相识，而后在某个远方的城市婚娶。他们都谈吐不凡，仪表堂堂，穿考究的衣服，开名贵的车；而我的姐姐们，我说过的，都很高挑，都有一头铜色的头发，很漂亮。另外，她们也都厌倦了补袜子和烘面包。

她们一个一个都走了。每一个女儿，母亲都拥有了十五年，而失去她们的岁月，从那两年一直延长到永远。她们都没有嫁给渔民。至于那些年轻人，母亲一个都没有看上过，在她眼中，这些男人身上有的，不过是懒惰、柔弱、狡诈和未知。他们似乎从来不用干活，而母亲也从未理解过他们这些奢豪的假期，不知道他们从哪里来，也不知道他们是谁。

---

① 旅鼠周期性大规模迁徙，不少会溺死海水中。民间传说它们是自溺而亡，并没有依据。

到头来，她也并不在乎是否弄清这些事情，他们总之不属于她所认识的人，也不属于她所认识的海。

说起来，自己当时是何等的愚蠢。我那时十岁出头，居然会以为我将一直这样无拘无束下去，可以继续在学校名列前茅，自得其乐，再去船上帮些忙。而后几年，丝丝缕缕的灰白色渐渐出现在母亲的黑发间，而父亲从码头回来时套鞋在鹅卵石海滩上的脚步声，也变得拖沓起来。本来人声鼎沸的家里，只剩下我们三个人。

我十五岁那年冬天，父亲好像一下子老了，身体也突然就坏了。整个一月份，他很少从床上起来，一直躺在那里抽烟、看书、听广播。屋外，冷风呼啸，雪落如针，扫过冰封的海港，人们死命抱住眼看要被卷走的大门。

到了二月，别人开始检修捕虾网，父亲还是没有动作。于是我和母亲在夜里编结网眼、网囊。麻绳粗粝，大拇指起了水泡，指尖也总有鲜血悄无声息地蜿蜒而下。海湾中的浮冰上，从拉布拉多半岛漂来的海豹，如孩童般啼哭、呜咽。

白天舅舅会来帮忙修补渔具，从我记事起，他就是父亲的伙伴。他长我母亲一岁，又高又黑，是十二个孩子的父亲。

到了三月份，我们已经大大落后了。虽然我晚上开始紧赶慢赶，但我知道五月一号捕鱼季就要开始，只有八周时间还是不够的。我知道母亲着急，舅舅也心事重重，我也知道到了五月一号，要是渔具没有准备好，或者没有两个人在船上待命，我们所有人都完了。我明白，《大卫·科波菲尔》、《暴风雨》和所有这些我开始深深珍惜的朋友们，都将永远退出我的生活。所以，我向它们道了别。

那是我第一次整天都待在家里，晚上，母亲上楼了，他喊我进他的房间。我在他床边的椅子上坐下。“你明天回去。”他就简单说了一句。

我不答应，说我已经做了决定，说我并没有什么不开心的。

“决定不是这么做的，”他说，“你没有什么不开心的，我有。你还是回去的好。”我当时几乎生气了，就跟所有少年一样，我告诉他别管我的事，别命令我该如何做。

他躺在床上，盯着我看了许久。十六年之前，就在那张床上，他有了我，有了我这个独子。当时他五十六岁了，天晓得生我时，头发已然雪白的他有着怎样的心绪。床响了一声，他把腿甩过来，坐在床沿，正对着我，他眼睛蓝得透澈，正对着我黑色的眼睛。他两只手放到我的膝盖上，柔声说：“我不是要命令你什么，我只是请求。”

第二天一早我要回学校。出门的时候，母亲站在门廊里，说：“我是一辈子也不会想到，我的儿子居然会为那些无用的破书，抛弃生他养他的父母。”

接下来几个礼拜，他奇迹般地起身了。工具都已经准备妥当，“珍妮·琳”四月中旬重新刷过。五月前的两个礼拜，冰开了，孤单的海鸥呼啸归来，海中隐现的银鲱又不得安宁了。

五月第一天，和往常一样，渔船驰向大海，舱里满载的渔网一直垒到船缘。渔网如活物一般跃入春水中，洁白晶莹或碧绿透澈的冰山依然浮动左右，渔船腾挪其间，寻往去年前年五月的旧去处。而我们这些人，坐在山上的高中里，讨论丁尼生笔下水的意象，眼睛却望着它们在底下来来回回，直到下午，码头上的渔网都消失去了海床上。“珍妮·琳”也在它们中间，一整天，舅舅就如同“塔斯蒂哥”①转世，双腿叉开于舵柄一侧，操纵渔船在浮冰间行进，驾轻就熟。父亲站在船艄也是一样姿势，手里的绳子要用来将工具绑在甲板上。晚上，母亲问：“唉，今天船上怎么样？”

春日荏苒，到夏天了。六月第三周，学校开始放假，而七月一日，捕虾季就结束了。两样我如此钟情的生活，我只希望它们的无法兼顾，不要来得如此生硬、俨然。

捕虾季结束的时候，舅舅说某深海拖网渔船上有个空缺，他准备去，我们明白，他再也不会回到“珍妮·琳”

① 塔斯蒂哥是梅尔维尔《白鲸》中的人物。小说中如此描述：“塔斯蒂哥使用手中的标枪比他的祖先们使用手里的弓箭更为熟练，他娴熟的战斗技巧和他浑身茶色的肌肉总让人想起魔鬼的形象来。”（姬旭升译）

了。明年捕虾季开始之前，他还会买条自己的船。舅舅又有一个婴孩将出生，明年春天，他就要负担十五个人的生计，他不能把宝押在父亲身上，因为另一头，是他爱的家庭。

到了拖网捕鱼的季节，我跟着父亲一起干活，他没有反对，母亲也高兴。整个夏天，我们下午给一桶桶的拖网上饵，日落时下网，等到第二日天未亮时再回去。早上四点钟的时候，他们会路过我们的屋子，等我们一起走去码头。我们出发的时候，太阳一般还未从海里升出；我总觉得它是在水里过夜的。要是我还没起，他们会往我窗上扔石子，我便立马觉得非常窘迫，匆忙下楼。到了楼下，就看到父亲穿好了衣服躺在床上，看书，听收音机，抽烟。见我来了，他随即转身下床，套上鞋子，眨眼间就准备停当了。然后我们带上母亲前一天晚上做的午餐，朝海走去。他自己从没喊过我起床。

从很多方面来讲，那个夏天都很如意。基本没起什么暴风，我们每天出海，渔具丢得极少，捕得的鱼却不能再多。而且我晒得很黑，皮肤和我舅舅叔叔们一样几乎成了褐色。

父亲没有晒黑——他从来没有被晒黑过——一是因为他皮肤里透出某种红色，二是因为六十年来海水还在刺激他的皮肤。他的晒伤往往是叠加的，旧伤未去新伤又至；嘴唇干裂，微笑就会出血；他的两条手臂，特别是左臂，会突然布满能滋出盐水的疖子，自打我很小的时候起，就见他在各种没多大效用的药水里浸洗手臂；人家只在早春带着那条防擦伤的铜手链，他整季都戴着；他每周只剃一次胡子，总极为疼痛。

就在那个夏天，很多我看了一辈子的东西，却如同是第一次见到。我想，父亲不管是体质还是心性，大概从来就不应该做渔民。至少，父亲不像叔舅们，他从未以此为乐。记得一天夜里在他房间里聊《大卫·科波菲尔》，他说他一直以来的愿望是去大学念书，当时我便不在意，如同某家的孩子得知他父亲的理想是去演杂技走钢丝。我们的话题接着就转到佩葛蒂①一家，说他们是如何如何地热爱大海。

我那时就觉得，我们这些人和我们的生活，总有好些地方不对劲。比如父亲也是独子，为什么到四十岁还不婚娶，而后，为什么最终还是结了婚？我甚至想过父亲是不得已才娶了母亲。我查了《圣经》扉页上记录的出生日期，我最大的姐姐平淡无奇地生在他们婚后第十一个月。于是我又觉得自己龌龊，为自己的疑心和所思所为不耻。

就在那时，我对父亲生出无限的爱。花一辈子去做自己厌烦的事，比永远自私地追逐梦想、随心所欲，要勇敢得多。我知道我不能离开他，因为一旦我也走了，母亲会认定

---

① 《大卫·科波菲尔》中的人物。佩葛蒂是主人公的保姆，她哥哥是个贫寒的渔民，就住在一条搁浅的船上。

他是个失败的丈夫和父亲，没留下一个子女，他将会独自承受母亲掷进他灵魂的一把把铁尖鱼叉。而且我感到，过去我一直渺小地藏身于自己心中的某个隐蔽的角落，发现即使只是完成高中学业，对我来说，也成了一个天真、浅薄、自私的梦幻。

于是，有一天晚上，我很坚定有力地告诉他，只要他还在，我就不会离开，我们会一起在海上捕鱼。他也没有反对，只是在缭绕着床的烟雾后笑了笑，说："希望你会记住自己说过的话。"

现在房间里的书已经多到像狄更斯小说中的场景了，但他不允许母亲动它们，而他自己则勤读不辍，有时一晚上能看掉两三本。同时收到的书也越来越有规律，精装书越发多起来，都是姐姐们寄来的。她们还在家的日子已如隔世，而她们如今的生活也显得如此遥远和优渥。还会一同寄来的是孙辈的相片，这些红头发的小家伙们手里要么握着根棒球棍，要么怀里搂着个洋娃娃。他把这些相片都放在书桌上，母亲以为没有旁人时，也会朝着它们端详。这些红头发拿着棒球棍和洋娃娃的孙子孙女们，将永不识大海，更谈不上对其爱恨。

八月酷热，进了九月就渐渐有了凉意，我们只顾打鱼。海水似乎也变清了，几乎能望得到海底；清晨，白色的水气升腾如同鬼魅。有一天母亲对我说："你给你爸'增寿'了。"

十月份就难了，晚间出海已经太过险恶，我们都是早上铺排渔具，一有飓风的踪影就立马打道回府。十一月份我们丢了两桶拖网，清澈的蓝也灰暗得阴沉愠怒起来。坦谷波[1]卷来又凶又高，我们行在波谷时海水就会从甲板和船头冲洗而过。厚重的针织衫外面再套橡胶雨衣，让我们的行动极为不便；手上的毛线手套很厚，浸水之后冻成冰块，挂在我们的手腕上好比庞然巨兽的臂爪；我们都只能就着排气管呼出的热量化冰。几乎每天都是在中午之前，我们就出发往回赶了。凛冽的北风难以抵受，眉毛上早结了霜，眼睑都要冻得快合拢了，我们拼命探身往前看，却只见到一团混沌。指南针与海面都是我们的向导，因为浪潮铺天盖地而来绝无法对峙，我们只得借助海浪推动，或趁前浪刚去、后浪未至时前行。

朝家的这一次次奔袭，掌舵的人已经换成了我，站在舅舅的位置，模仿舅舅的姿势，我也会转身朝我父亲大吼，虽然声音几乎都被震耳的引擎声和海浪声所淹没。湿透的父亲站在船尾，冰块凝结在他浓密的眉毛上，身上滴洒的分不清是雪、是盐，还是浪花。但是，十一月二十一日，看似本季最后一次出航，我转身，没有见到父亲。就在那一刻，我知道他大概永远不会出现在那里了。

---

① 波峰陡峭、波谷平坦的波浪。

十一月二十一日的大西洋是灰色的，海浪高矗，海水刺骨冰凉，海面上没有任何标识，你根本不能判断你五分钟之前在哪里，而且飓风夹着雪花，你也什么都看不到。另外，你绝不会相信让一艘顺风前行的船停下得要多久，更别提要它转回来得多愚蠢多小心翼翼地绕一个大圈子；将船转成逆风，木板都会因为不胜负荷而吱嘎作响。你心里清楚，这一切都是徒劳，你的喊声甚至到不了船艄。而且，即使你记得出事的地方在哪里，等你到那儿的时候，那么一点分量的东西，也早被海流送到一英里之外了。你也知道——何等讽刺——就跟那些构成你过往的叔叔舅舅和其他人一样，说到游泳他们是连一招半式都不会的。

布雷顿角沿岸，龙虾依旧在海底旺盛繁衍。每年五月到七月，它们被装进冷藏箱中，伴随巨型装货卡车的轰鸣，经过新格拉斯哥、阿默斯特、圣约翰、班戈、波特兰不分昼夜地送往波士顿。它们的归宿是活蹦乱跳时被扔进一锅锅滚烫的热水。

过去十年，虽然龙虾价格上涨且竞争愈发激烈，“珍妮·琳”的旧游之地依然无人问津。虽说风暴中没有标识，但风平浪静时，某种意义的标识总是在的。捕虾的海域是在没有风浪时分配的，那已经古老得在我们所有人的记忆之外了。我父亲捕鱼的地方也曾属于他的父亲，而在他们之前，之前的之前，又有一代一代的其他人。这块海域可以预见的回报必然吸引外人，有大船两次从五十英里之外开来，在海底铺开渔网。但两次回来之后他们都发现浮标被割断，渔具也消失或只剩下残骸。每次渔业官员和加拿大皇家骑警都会赶来问很多冗长又掺杂不清的问题，可他们得到的回应永远只是沉默地倚在棚屋门口的男人和同样沉默抱着孩子站在窗后的女人。每次离开时他们都会说“海域的划分是没有法律依据的”，“海洋不归任何人所有”，“那些水域并不在等任何人”。

但那些男人和女人，其中包括我阴沉的母亲，从不在意他们说了什么。他们只知道，这些海域是神圣的，而且它们的确在等。它们在等我。

母亲靠微薄的保险赔偿独自生活，又因自尊，拒绝任何其他的帮助，每念及此我便不知如何自处。孤窗之外，不管是冬天的冰雪，平和压抑的暑热，或是到了秋天，风起而浪涌，母亲只是一个人望着。天还未亮，她就醒了，听屋外通向码头的砾石路上，胶鞋声经过。她知道脚步不会停的，因为她家没有人要加入队伍。所有的琳家人，只有她没有儿子或女婿会出门走向渔船，那条会带他们入海的船。无法面对的，是想到母亲望着大海时的深情，而记起你，却满心苦涩：因为对她来说，前者代表忠诚，而你，代表着背叛。

但无法面对的，还有十一月二十八日，往北十英里，父亲被找到了。他曾多少次被海浪抛起，砸向布满乱石的悬崖，最终夹在两块巨石之间。他的双手双脚都已经被撕碎，他的鞋早被海水吸走。当我们想把他从石头间拖出来时，他的肩膀也在我们手中变得不成形状。海鱼咬掉了他的睾丸，海鸥啄走了他的眼珠，他曾经的面孔如今只见一团肿起的紫色皮肉，只有他白绿相间的胡须不问生死，继续生长，如同坟上的野草。父亲就躺在那里，腕上还挂着铜链，头发里长起海藻，他的身体其实没有剩下多少。

去乱岑角的路

我现在要讲的事情发生在七十年代初的某个七月，一夜大雨之后，现在是早晨，太阳已经升起来了。我的车驶在一个安静的村庄里。村子还睡着，只有少数人家几个小时前派了人去打理拖网和其他渔具。这些家的屋顶上，袅袅炊烟慵懒地缭绕着，徐徐东南风几乎察觉不到，却执着地终于把烟拽得斜了。右手边是圣劳伦斯湾，水面平旷碧蓝，点缀着白色的渔船，很专心地在自顾自工作。今年是捕龙虾的坏年。冰冻化得晚，又加上早来的大风毁了太多价值不菲的工具。到了捕虾季的最后一个礼拜，许多渔夫甚至没有去看他们的笼子，宁愿终日昏醉，在海滩或是小棚屋外人不见的阴冷中，不作什么指望。

七月一日是捕虾季的最后一天，总算可以很感激地将它抛诸脑后了，虽然隐约感到的希望里还掺杂着最后几天升起的一些愧疚。现在于港口驰骋的船只大多是在捕底栖鱼，也有几条捕的是鲑鱼。无须鳕每磅卖六分，大西洋鳕十二分，而黑线鳕已经很久没见到了。安大略的一些城市里，新鲜的大西洋鳕一磅卖一块六毛五，而我们从小开始吃也从小真心鄙弃的“风干大西洋鳕”却几乎成了佳肴珍馐，要卖到两块一毛五。“他们怎么想的，”奶奶会说，“以前谁料得到呢。”纽芬兰卡伯特海峡附近，价钱要便宜三四分，有消息说渔民要罢工。所有这些都在我脑中闪过，不占据我的思绪，就像背景里一个调低了的广播正放着听不太清的乐曲。

村子尽头，一条铺好的窄路拐向左边，也就是远离海水的方向，开始往外、往内陆走。如果不回头一直往前，这条路可以带你去北美几乎所有的地方；可能中美洲、南美洲也去得了。不过路面始终是狭窄而朴实的，而且是条“慢路”，因为大概有五十英里左右它都要求驾驶员全神贯注。然后它就接上了枫叶满目的“加拿大横贯公路”，它们一起作别布雷顿角岛，隆隆穿过坎索海峡，冲进大千世界里去。如同支流汇入大江大河，车流和旅人也开始在滚滚向前中互相交融和混杂。野营车上，车主的大名招人耳目；而旁边，房车既高又笨重，被塞满的旅行车总有条狗在后窗喘着粗气；马力奇大的底特律豪车，披着各种花哨装饰，轰鸣着以八十公里的时速从一个加油站驶向下一个，以为仅靠速度就能逃脱随其飞驰的鄙夷，可不管开得多快，这种鄙夷总要赶过它们，将它们吞没；绵延小山的“慢车道”上，大众车疾行；艰难前行的卡车里，装了个穿 T 恤的司机，载着大陆各处的货物；避来让去穿梭其间的摩托车，阳光斜照在头盔上。

到了夜里，他们会出现在许多英里之外；他们会比较英里数，补充散热器里的冷却剂，看地图。他们会绕着篝火坐下，会在汽车旅馆里出汗。有些人回到了避风遮雨的家中，而另一些人则会沿着车头灯冲开飞虫照出的道路，深入暗夜。少数几个，会栖身于扭曲到壮观的汽车残骸中，又在某个不知名的医院里，作语无伦次的呻吟，或者他就躺在死亡静默的盖布下，任官方搜索储物箱，检查车盘，通知最近的亲属。在这七月的一天，这条通往世界的道路宽阔、通畅、无情，上面通行的人再没有圣克里斯多福[①]的庇护。

但对于今天的我，在我出生后的第二十六个年头，要去的不是那宽广的世界。我的路线并不汇进那条大道，带旅人去狂野的未知中做种种了不起的历险。到村尽头，它会急转向右，告别修好的路面，几乎是立马沿着凌驾于海上的石壁开始上坡；小路抱着山壁蜿蜒大概八英里，会突然停在奶奶的园子里，再不往前。那里的临海山壁几乎垂直于海面，而这条道路好像是撞进了墙一般。在山壁脚下，亦即道路的终点，依偎着奶奶的小农庄、她的屋舍和她的家。就在这人类最后的小小据点之外，乱岑海角的岩石探向大海。到这里车自然无法前行，目光也只能就此终止。从任何角度看，这都

① 基督教教史中的传奇人物，据传曾帮助假扮孩子的耶稣渡河，后人视为旅行者的保护神。

是终结，而我的车子开始漫长攀登的时候，也就是这一尾声的起点。

开头的两英里，还有房子排在路的两侧，但没过多久，这种正式住所的迹象也不见了。路越来越陡，越来越窄，石头也越来越多，夏日的荒野之美泼洒下来，路都快要被淹没了。黄桦、枫树、杨树枝条蔓伸，抽打在车顶和前窗，阻隔视线之外，几乎要阻隔同行。桤树从左边弯垂下来，它的叶芽有黏性，全抹在车上，洗车店可要头疼很久了。山花盛放、俯仰，挥霍着它们易逝的绚烂和芬芳。红白相间的玫瑰坚韧而柔美，被车子一撞，其纤巧的花瓣便带着香气如瀑般泻下，撒满发动机罩；不过玫瑰的棘刺也会划伤精美的车漆，好似在说，什么事情都是有代价的。也是红白色的翘摇，花香中蜜蜂云集。毛茛花颤动，白色和深绿色的雏菊点头摇摆。带刺的苏格兰蓟花开出一片淡紫色的烂漫，野荞麦和喧腾的覆盆子互相交缠，织起绿到无以复加的绒绣。道路起落，绕过一个个 U 形弯，很多冰凉的小溪流从上面淌过：现在它们已不再钻下已经被毁坏、堵塞、废弃的木制泄水孔，而往往从路床和水沟横向流过，好比是在稍稍冲洗路面。这种地方的水流边缘，风铃草贴向石上如丝绒般的苔藓，蓝色、紫色相间的鸢尾一路开向润湿处。兔子文静地睁大眼睛，放心地跳在路边，这里来往的人车如此稀少，对它们来说全然没有死亡的恐惧和威胁。这条路不过是对荒野的侵扰，总有一天会被抹去的。

最后两英里的爬坡之前，有一个差不多是九十度的拐角，溪水如瀑布飞溅，冲刷路床和堵塞的无用泄水孔。接下去的上坡是纯粹的石路，下雨下雪天，车是不可能上去的。车轮会空转，车尾会甩向右侧，悬在山壁外；四百英尺下，浪涛轰隆隆撞在光滑的圆石上。三年前，一对情侣吵架，结果是山下村里的一辆车子被窃，又被推落高耸的悬崖。警察、保险公司和收费高昂的拖运公司花了几个礼拜想去车子坠毁的地方，都无功而返。所有那些绳索、延伸吊杆、有四个后轮的巨型拖车，和所有那些戴着手套打手势的人，那些拴着绳子吊下悬崖的人，都完全没办法提起散在下方的破铜烂铁。最后有人开着平底小渔船靠近悬崖，趟着齐腰的水终于到岸上拿回了引擎还残留的部分。现在你要是很冒险地在悬崖上探出身去，能见到四分五裂的汽车有些还依然散布在底下。这边是扭曲的底盘，那边是分离的车身，再几码外，还有方向盘、车顶和变形的车门。鸬鹚与海鸥漫步于残骸间，小心翼翼的，好比每天都在期待之前漏掉的什么事物。它们会好奇地啄那几个银色的把手和不再昂贵的广播上的旋钮。

这个直角急弯和紧接着上升的陡坡我们一直叫它“伤心的拐点”，因为我爷爷多年前便死在这里。那是二月的一个晚上，离家只有两英里的陡坡，他或许走得艰难，不知怎么就摔倒了。从村子出发，他已经走了六英里，至此却在结冰的石头上脚底打滑，向后倒下，屁股口袋里好好放着的朗姆酒瓶也被摔碎了。此时我感觉着自己疲老衰变的血液，想到爷爷当时无比鲜红的血滴，染在与月光无二的雪地上，兔子在苍白的清辉中欢愉地腾跃回旋。奶奶一直说，那一夜月光皎洁，宁谧，一丝风也没有。奶奶整夜都望着惨白的田地，寻找丈夫归来的身影。眼睛过于疲惫，天亮时空地尽头一株孤零零的云杉开始有了人形，似乎在朝房子走来。一株接着一株，云杉都开始变得像她的丈夫。她有一次确信无疑地去把房门打开，却还是只能眼睁睁看着一片白茫茫、空荡荡的无言冬雪，什么动静也没有。

早上她让最年长的儿子沿着冰冻的悬崖去找，当时那孩子十岁，回来的时候脸色苍白，呼吸急促，可其实他带回的消息早就被料到了。奶奶常念叨，就在孩子出门后不久，她的右耳中就听到了死亡的鸣响和钟声。那是从冰冻的圣劳伦斯湾隔着寂静传来的，而且那绝不是漂流的白色海豹发出的叫声。好像是回应耳中的钟声，孩子带去的三条黑白边境牧羊犬传回了长嚎。狗的叫声沿着海岸线飘来，先是最老的那条狗，接着是老二，然后是最小的老三。她能分清每条狗的呼叫，也听懂了它们悲苦的声音中所传达的讯息。就在那一刻，也就是在那些声音里，她知道她和她孩子们的生活，将永不再相同。那时她二十六岁，怀着第七个孩子。

她和几个年长的孩子而后就牵出他们棕色斑点马中最好的一匹，套上木雪橇，去见“丈夫”和“父亲”最后一面。孩子们哭了，眼泪冻在通红的脸上。离那僵硬如木头般的身体还好远，马就开始呼哧呼哧喘气，颤抖，然后还直立起来，又扬起后蹄奔窜。最后它猛地向旁边一冲，宝贵的雪橇也坏了，在已经越堆越高的毁灭之柴堆上，又添上一根木棍。他们不得不扔下运输雪橇，牵着马回去，带着孩子的滑坡小雪橇回来，又拿绳子将不忍睹视的负担绑在了雪橇上。

几条狗焦躁地躺在僵硬的尸体周围，被寂静的雪地衬得乌黑。有时它们低声哀鸣，舔一舔冻住了的睁开的眼睛、诡异地张开的嘴唇、吐在外面的舌头，有时它们也用口鼻去拱伸在旁边的、半屈着的胳膊。然后它们会一个翻身又跳回积雪中，用前爪遮住鼻子，用深邃的棕色眼珠追索周遭的一切。它们也感觉到生活已经改变，只是也不知该如何是好。

虽然脚踩着结冰的石头一直打滑，绷紧的绳子断了几回，每回都让他们扑倒在地，可他们居然走完了那最后的两英里。因为雪橇太小，只有上半身放得上去，腿和脚后跟都拖在外面，一路蹭在崎岖的石路上。有两次身体差点整个滑下来，到家的时候，胶鞋已经磨穿，露出了脚跟，都结了冰。杀死爷爷的瓶底还在，里面居然神奇地还有半英寸深色的甜朗姆酒，而软木塞牢牢封住的瓶颈也完好无损。除了这完整的瓶颈和瓶底，中间的部分都碎了，碎片深深扎进结冰的臀部和大腿里。

此刻，在这沉酣的夏日风光里，寒冬的一幕死亡的场景显然不合时宜，就像一组很久之前莫名拍下的黑白照片，照片里的人已永远不可能结识或真正了解。

太阳在群山上方升起，阳光洒在刚被涤濯过的大地。雨滴晶莹、闪耀，高处土路上悬着的雾霭朝天空逸去。长刺歌雀和红翼鸫腾跃欢歌于柳树欣欣向荣的枝头。橙色的蝴蝶浮在微风之上滑行。絮叨的松鼠和花鼠沿着倒下的树干疾奔，好像他们是业主百忙之中抽空来“晨检”一般。大地抖擞了精神，到处是生机。

“伤心的拐点”上方的石路很快就干了。车子的速度调到最低的那一档，迟缓而勉强地爬着陡坡。差点甩出岩脊外之后，总算渐渐熟悉了路床，便安分地沿石路往上去了。

接下去的两英里，道路继续顺着峭壁的岩脊蜿蜒上升。有些地方受到了侵蚀，路的边缘已经溃落进了大海。两辆车要是相遇，因为路太窄，是根本无法通过的，只不过这种事发生的概率也微乎其微罢了。

我时不时在左手边看到石垣的遗迹和小块的空地，表示曾有房屋在那里。灰色的花岗岩曾是地基，虽然掩上了丝绒般绿色的苔藓，依然可辨。时不时于瓦砾堆中，一根石筑烟道矗立着，如阳具般实在。只有石的刚硬才抵得过岁月和季节轮替的摧残。

离奶奶的房子只剩一英里，渐渐能看到她的羊在路边——或干脆在路当中——吃草和消磨时光。它们是白脸的雪福特羊，自我们记事起，就是奶奶养着的，所以在它们身上有种永恒之感。它们面容坦然，性情独立，不像牛津羊和萨福克羊那样喜欢聚在一处活动。车辆接近时，小羊匆匆跃开，扭头呼叫两声，母羊在一边警惕而不慌张地瞧着。肩头极为厚实的公羊，两只摇晃的睾丸重重地几乎拖在地上，车来了直到最后一刻才会忿忿地避开。它们眼睛里的神采似乎在说，显然这条路是它们的，要让道它们宁可低头冲过来把车顶翻。

几十年来，奶奶一直为这些羊的纯正血统和茁壮成长担心。她怕异种的公羊来杂交，稀释了血统。又怕年轻的狗血气方刚，杀心过重，会把羊群赶下悬崖，任由浪花冲刷尸体。现在她可以放心了。那些堕落人家的羊和狗都走了，只有她的羊发出的咩咩叫声回荡在青山朗峰间。

开到没有路的时候，我下车去把老旧的栅栏门推开，这是进她院子的最后一道关卡。一弯腰，血从鼻孔里喷出来，泼了我一鞋的紫红色，脑中轻飘飘的一阵晕眩，几乎就要失去意识。我站起身，双手撑在门柱上先稳住自己，迎着阳光抬起头，让浓稠的血液往回流。我能感觉到它温和地从舌根淌下，流进我黑黢的喉管中。为了避免再弯腰，我用右脚勾住下面那根栅栏，把它顶开，然后就站在那里等血止住。我用纸巾擦了鼻子和嘴唇，现在我已不用手帕了，随身带着纸巾。

松开离合器，都不用发动，车子很轻松地沿着缓坡滑进院子。我关上大门，各种畜养的动物都见不到丝毫恐慌，饶有兴趣地看着我。这里几乎所有动物的父母以及祖辈都是奶奶照顾的，它们的谱系在这个农场上已经有很多代了。于是它们身上有很多色彩和特质，其他地方是找不到的。它们似乎就是那些我一直以来见到或是大人们曾经描述的动物，也似乎是我脑海中泛黄相册里的形象。三匹褐色斑点的马夏天积了不少肥肉，阳光从某个角度打在它们的皮毛上，几乎有种流动的紫红色。它们额头上的星形都是一模一样的，发达的胸肌上也都有孤零零一颗白点，尺寸如同一枚不小的硬币。我们一直叫它们“星星”或者“泰那”。扛再重的货物它们都永远高昂着头，而且步子彼此协调，马蹄声整齐划一，是靠多少代一丝不苟的同系交配才训练得出来的。它们在雪地里步履稳健，走山路时呼吸从容，风雪大得目不见物时它们在浮冰上行走，在海水浸泡的岩石上它们拖着几车海藻上岸。很多年以来，它们只吃这个牧场生长的草料，好比是为了其中它们自己尿、粪和汗水的味道，又好比它们在服从某个自然生态的安排，要把自己变成干草，而干草也反过来化作马身、马身上酒红色的斑点和其中溢出的日光。

马此刻在院子里随处站着，摆动着有些过长的马尾，甩开落到眼睛里的门鬃，休闲自得。已经有很多年它们没有感受过马勒、马鞍、马掌，最小的那匹快十岁了，还从不知束缚为何物。以马的年纪来说，它已经很老了，恐怕是至死都不会知道了罢。

它们几乎已成了宠物，就等奶奶开门扔出几小块苹果或是风干了的面包。可在它们深邃、黑暗的眼睛里，在它们肩腿处隆起的肌肉和肌肉间的沟壑里，你还是能见到其中的力量。动物园某些动物的眼睛和肌肉也如此，似乎在说：我们在这里，我们活着，我们饭来张口，可我们天性并不是如此，我们的过往也并不是如此，而这样的生活也不是我们的全部。凑近些，你就能看到。

奶牛顶着轭套和它们朝内弯曲的牛角，四散在小丘上起劲地吃草。因为奶奶已经不管它们，也不再用它们含奶油丰富的牛奶制作黄油和奶酪，所以这些奶牛也显得无用和浪费。小牛犊已经不小了，跟在奶牛后面，顶着肿胀的乳房要喝奶。有些乳房已经结块、变硬，又得了乳腺炎，要挽救是基本无望了。接奶的桶放在它们下面，牛奶再也不会从桶口温热地溢出了。颈上绕着金点的一只黑色母鸡正朝它的鸡仔们咯咯叫着，这个时节它的孩子们还小，可它们却很难见到下一个冬天。

说“走进”奶奶房子的门廊，其实是“走下”。时光逝去，整个房子陷进了地里。已经有一百多年的石头地基很勤奋地在往地里钻，以至于现在所有的门都只能往里面打开。门廊上挤满了过去留下的工具、衣服和其他物件。左边是个手动奶脂分离机，右边墙上是一把手镰，手镰旁边有一把紧线钳和一个绞肉机。大钉子深深扎进木梁，上面挂着马鞍的零件、绳子、几罐U形钉、钉子、榔头、黄麻袋、鱼竿。角落里，没了形状的雨衣、帽子、手套和穿烂的鞋子、雨靴也挂着或者就堆在地上。

奶奶坐在厨房的桌前喝早茶，没看见也没听到我来了，只眼睁睁望着临海的那扇窗。窗外，海鸥在耀眼的阳光中画弧和回旋。我进门的时候，那三只黑白的边境牧羊犬除了抬起眼睛外没有其他动作。它们趴在地板上就像三块随手扔下的旧地毯，一块在桌下，一块靠着炉子下的木盒，一块在奶奶的椅子旁边。不像奶奶，它们知道我正过来已经有一段时间了。我的汽车沿山崖一路呻吟的时候，它们就听到了，从栅栏门滑动，房门打开，一直到我踏上门槛，它们也都听到了，只是觉得一点也没有起身的必要，或者有什么好警惕的。进门之后，我终于宣告了我的到来，也终于到了我应该在的地方。

奶奶本来看着窗口，手里端着茶杯，转过来见到我，吓了一跳，也有些窘迫，因为我是如此的悄无声息。虽然她不承认，但她越发担心她的感官会失灵，对耳聋者的寂静和目盲者的黑暗充满恐惧。现在这些都还未被发现，但她脸上此刻的张皇，说明那些念头一直在那里。

“啊，你到了啊，卡伦，”她说，“我在等你。”

我知道她在等我。凌晨三点开始，在山下村子里父母的床上等着上山时，我便知道了。那时听着雨打在屋顶上，我想着路会有多滑，想着在乡村无可名状的黑夜中徒步走完那八英里：雨云会遮蔽星月，只听得水声，硕大的雨滴当当砸进土里，或落进看不到的溪流的水花中，而右手边会有浪涛拍岸凄切的声响。我心里知道，这条会让我浑身湿透的旅程，我是不会再走了，就跟我不曾见过的爷爷不会再走了一样。他已经去世七十年了，《圣经》里说人的寿命也就该这么长。

“我已经尽量早了，”我说，“我是一看山路够干，车能爬得上来，就立马出发了。”

“哦，是啊，”她说，“你要喝茶吗？壶里水刚开。”

“好啊，我自己倒。”我说着就在奶奶厨房里熟门熟路地泡起茶来。茶叶罐是很久前从锡兰运贵重货品的船失事，冲上岸来的。我伸进去抓了一把在拳头里，放到茶壶中，然后从冒着蒸汽的水壶里把开水倒进去。

“他们一时半会儿还到不了，”她说，“恐怕最早也得到下午。”

她在桌子那头又坐得更舒服了些。

“罐子里自己拿几块饼干吃。我一早做的。给狗也吃一点。”

我很听话地走去拿起另一个罐头，取出四块饼干。

我给自己那块抹了点黄油，又给每条在地上躺着的、戒备着的狗各丢了一块。他们都没等饼干落地就直接叼走了，又探着它们粉红色的长舌头把落在地板上的饼干屑都舔掉。地板又如之前一尘不染，好像刚刚什么都没发生过。就像在流水中行过，我心里想，不留痕迹。

我隔着桌子坐在奶奶对面，目光和她一样，掠过蔚蓝的海。日头高了，雾气都被晒净。这种天气曾经能让我们见到爱德华王子岛。我们会说，“天气好的时候能望见爱德华岛。”不说“一望无际”，只望得见爱德华王子岛就好了。现在想来这好像也没什么要紧的。

今天是你余生的第一天，头脑里记起这句话。在“当代”很多海报、桌头箴言、贺卡、书签、唱片盒、车贴和涂鸦中都能见到这么一句。我举杯到唇边，心想能把自己烫出几分生机活力来也好。

“你干吗这么喝茶啊？”奶奶问，“会烫着自己的。人家还以为你一辈子没喝过茶呢。”

“没事，”我说，“我只是试试看……”

我们坐了很久，只是静静地喝茶，朝窗外望着。我们什么话也不说，也没有问彼此什么问题。我们在休息，表现得好像无所事事，仿佛运动员正为几个小时之后的比赛养精蓄锐。蜜蜂的嗡嗡声从屋外墙角的丁香花丛中传来，又见它们如醉酒般从窗户上弹开。家燕的尾巴也剪开得精致，橙色胸脯一闪，又扑向不知去了何处的小虫。三条狗趴着，除了眼睛之外一动不动，也在蓄存体力。夏日炎炎，我们有些犯困。

我今天来奶奶这里，几乎有点像间谍片里的双重间谍。我莫名希望能找到一种办法，让我理解生死，坦然面对它；可内心深处又明白，在这里我只能发现饱满的生命，并意识到，归根结底我不过二十六岁，在别人看来，依然是青春的年纪。

奶奶起身去拿她挂在卧室门背后的小提琴。这把老旧的乐器本属于她远在苏格兰的祖先，属于那些散落在洛哈伯[①]海岸业已残败的地基。她拉了两首曲子——《自君去后，心碎至今》和《永不归去》[②]，奶奶的手指已经不太灵活了，寂寥的挽歌有时抖动迟疑，和四根绷紧的弦上颤抖的手指一样。奶奶很是为古老的旋律触动，眼里有泪水。

今天晚上，还有今天下午，她的两个孙女和一个曾孙女会摆动着身体，演奏属于她们时代的音乐，也就是盛行于二十世纪七十年代早期的音乐。沿着那条通往大千世界的公

① 苏格兰西部一个地区。
② 歌名皆为盖尔语。苏格兰传统歌谣。

路就可以找到她们的所在之处，一个在拉斯维加斯，另外两个在多伦多杨格街区。她们在五光十色中回旋、顿足，在乐器和大功率功放的连接线间轻巧地移步。她们的长发在肩头飞扬和流淌，她们的靴子狠狠踏下的拍子就跟她们音乐的节奏一样迫切。而另一条路的尽头，乱岑海角的寂静里，这个曾孕育她们、赋予她们生命的身体，正费力要控制《永不归去》最后几个颤抖的音符。

“这首是麦克利蒙的挽歌，”结束了之后她说，“你爷爷有麦克利蒙一族的血统。他们是苏格兰高地最了不起的音乐家。斯凯岛[①]上有个雉形石堆，就是为了纪念他们。打仗的时候你的几个叔叔见过。”

“是，我知道，”我说，“你跟我说过的。”

“麦克利蒙人他们说有两个天赋，”她说，“一个是音乐上的，另外一个是他们能预知自己的死亡。这两个天赋照理说是沿血脉遗传的，寻常人没有。”

外面牛棚的椽木上，爷爷在很高的位置用奇黑的墨水写了这句话：“我们是自己心中绝望的后裔，斯凯、朗姆、巴拉、迪里[②]是我们的过去。”没人知道他为什么会写这句话、何时写的，甚至他是如何将这句话写上去的也让人困惑。在

---

① 苏格兰西北部岛屿。

② 均为苏格兰岛屿名。

没有圆珠笔，连钢笔都没有的年代里，他爬了那么高难道一手端着墨瓶，一手握着直管的蘸墨钢笔吗？祖先的岛屿如何就这样重要呢？我们在久远的年代便离开了，有些地方甚至都没有见过，只把它们留给了大西洋的风和浪潮的飞沫。爷爷那样的死对我们每个人来说意味着什么？如果他还活着，奶奶的人生会怎样？他其他孩子的人生会怎样？而我今天坐在这里，我所知的人生，如果爷爷没有死，又会有怎样的不同呢？

我现在只能通过重塑的画面去了解爷爷的人生和死亡。我能见到冰雪，以及热血如何在冰雪上结成一层硬壳。热血里还掺着甜酒，当时的变化肯定如同煮开了的甜槭树汁泼在冬雪上。

奶奶对于死亡有太多不同的感受，我很想去体认和了解。在她生命诸多的段落中，即使单调如死亡，作为其执行者的种种事故也变换过很多次。她的三个弟兄都死于他们自己生活所孕育的事故中。他们的生活本就极度仰赖身体，而这些生活的终结也与之相称。一个是夏天太阳下骑马，褐色斑纹的马脱缰窜出，他掉在割草机的刀齿下；第二个是在海上的风暴中随着往返海峡的船只，在去纽芬兰的路上沉没了；第三个是坐船去捕海豹，突然起了摧折一切的大风雪，大家被抛离渔船，他就被冻死在如月光银辉般的冰原上。

奶奶早年生命中的那些人物和死亡现在看来是多么寂寥

和遥远，而奶奶后来送走的三个儿子的人生和死亡又显得多么不同。他们离开乱岑角的峭壁和海鸥的哭号，选择那条通往广阔世界的道路，打造在这个海水冲刷的小农庄上绝无可能的事业和人生。他们的事业是现代的事业，他们的人生是富足的人生，而他们的终结也与之相称。房地产经纪人、小超市连锁店的副总裁、男式服饰公司的采购员，这些职业的人是很少会在日常工作中殉职的。铅笔和电话取代了晃动着的半根缆绳、海员攥接绳索用的索针和捕海豹用的棍子。与难以捉摸的恶风恶雨相比，与突然受到惊吓、让人措手不及的动物相比，调节好的恒温器以及设置妥当的米尤扎克音乐①当然是很不一样的。

他们都没有死于工作，也不是直接因为工作而死，但和他们的先人相比，他们的死亡似乎更诡谲，更有希腊神话和戏剧中的反讽意味。一个在蒙特利尔高档饭店被一块牛排噎死。一个去鲳参海滩②为的是那里的阳光，却因曝晒致死。还有一个早上五点在米西索加③的街头跑步时死了。或许，因富足而死与因劳作而死并没有什么两样，或许对我来说，正因为两者都不是我所能选择的，所以先后听到两种死法时

① 米尤扎克（Muzak）是一家专门提供商用背景音乐的公司（如在零售店播放可促进销售的音乐等）。
② 也译庞帕诺比奇，美国佛罗里达州东部城市，临大西洋。
③ 安大略省南部的一个城市。

更让我心生无限恐惧。

窗外乌鸫和牛鹂亲热地在奶牛周围跳来跳去，灰色的奶牛身上有深色的斑纹。鸟儿高声对答，声音沙哑，有时它们会放肆栖息在牛的背脊上。一只落单的鹰拖着白色的尾巴，无声地来回滑行，时而在陆地上方，时而越过悬崖飞向大海。它投下的阴影掠过夏草，却会消失在蓝色的深水中；或许，这面镜子是过于深沉了。它在海上不会飞得太远，它会拐弯、攀升，又回到陆地上滑翔。它是安静而优雅的，它翅膀的美是隐忍而坚硬的，它非凡的生命全淋漓尽致地表述在它的身姿里。

房子里悄无声息，除了桌子上方的架子上威斯特克洛克斯牌钟滴答作响。狗的眼神蒙眬，半睡半醒。我们都陷在自己的回想里，就像在一张相片里，很久很久都没有动，没有说话。

“好了，我觉得我应该准备一下。他们一会儿就到了。”奶奶说着从桌子那头的椅子里站起来，好像屋子里某种咒语被打破了。

卧室的门就开在厨房里，我能看到或感受到她在梳着长长的白发。她的身子弯向一侧，右手拿着梳子将头发梳离自己，左手在梳子前后捋着头发，手间有种令人震颤的柔顺。

过了一会儿她出来了，一边走一边把领针别到裙子的领口上，领针是缠绕的苏格兰蓟，裙子是刚刚烫好的。这两样东西我都记得，都是我之前送给她的礼物。有一瞬间我觉得又回到了圣诞节前多伦多拥挤的购物者中间，拥挤加塞推搡，踏上又迈下电梯。电梯上堆满了人，嗡嗡斜架在楼层之间。

我知道在她的大衣箱里，在她随处摆放的首饰盒里，有一层层的裙子，一堆堆的领针，都不比她现在身上的差，但她还是有意做了这样的选择。我意识到其他人大概认不出她穿戴的东西，当然，他们也没有义务要认出来。见到它又让我想起，这枚领针是如此的不合实际：苏格兰蓟是不会缠绕的。可能我自己也从来没有意识到，买它的时候我放了很多象征义在其中。

她又进了卧室，出来的时候拿了把剪刀。她把椅子移到我的旁边。什么话都没有，我就开始帮她剪指甲。指甲都是发黄的，很长，周围都覆着一圈薄薄的黑垢。

给奶奶剪她发黄的脏指甲的时候，我明白我已经被准许参与一种无声的、秘密的交流，这种交流是强者在与弱者共处中常体会到的。这种能力和认知上的落差奶奶曾如此可畏地施加在她孩子的身上，很多时候甚至是她孩子的孩子。这种落差又和我们那些难以启齿、不可告人的缺憾互相助长，大人总会把这种不够格挥舞在下一辈的头顶。记得脏尿布、湿床单，第一次想说话或走路，记得圣诞老人出现，圣诞老人死去，记得千奇百怪的幼稚愿望，害怕时光的逝去，记得孩童时的恐惧让你在噩梦中醒来，以及独自醒来时的尖声喊叫，记得夜里的释放，真实和假想的秘密罪孽：不仅记得，还始终不忘。能力和认知的落差还包括凭身体给予的实在支持，保持健康以维系这种付出，或许，还包括爱。以前想到奶奶，想起的更多是能力，现在却想到了爱。或许，我现在想，是奶奶的强大总是过于显眼了。

这个时候在山下，我想象着我七十岁的父亲，正为启程与我们碰头做着准备。他紧张地梳着自己雪白的头发，往脸上拍着爽身粉，或多或少还是担心奶奶的检视；能力和认知的那些言说不清的绳索依然束缚着他。当然，他是没有办法记得他自己的父亲的。

突然奶奶抓住我的右手，用双手狠狠地按住了它。剪刀哐啷落在地下，从她手掌的力道中，我感觉奶奶生命中那股激烈正迫不及待地压制出来。“哦，卡伦啊，”她说，“你剩下的人生打算怎么办呢?”

我的惊讶不知道是因为这个问题的突然，还是因为它在这个场景中显得过于庞大，医生说，“在剩下的人生”里，我该过得越正常越好。他说，我还有“大概几个月”能活，能像正常人一样活着。这让我想起奶奶门外夏天养的鸡，它们注定见不到冬天。

“跟我住吧，卡伦，”她说，“他们来了我就这样跟他们说。给你自己找个好姑娘，把婚结了。你二十六了，这些事情是要想想了。你在这儿一直很开心，土地和养的这些牲畜都没像现在这么好过。靠你我们都能过上舒坦日子的。我遗嘱里把所有东西都留给你了。”

窗外我见到一堆堆未打磨的石头，是奶奶用她粗糙有力的手从田野里捡来的。我还能见到倾倒的篱垣，掉漆缺瓦的外屋，还有，藏着爷爷唯一遗训的牛棚。这就是奶奶遗嘱所言要留给我的“所有东西”了。但从来还没有人给过我他的“所有东西”，而我以前在这与世隔绝的寂寞里，在海鸥的啸声中，也的确是开心的。在我“缺席”的岁月里，我在伯灵顿和东米尔斯那些总感觉暖气开得过高的教室里，给那些过于都市化的高中生上课时，很多次想过要回来。我现在回来了，可我觉得我是那样一条有病的、被污染的鲑鱼，在它曾经的溪流中澄清的水里游上一小会儿。回归的鲑鱼知道它生命的终结已经没有解救之道了。

我感觉头脑里有眩晕如黑色的漩涡搅动起来，只能抓住椅子的座位才能勉强坐住。

“你怎么了？”奶奶问，“你看上去是要晕倒啊。要不要喝点水？”

“不用，”我说，“一会儿就过去了。一会儿就会没事的。”

三条狗像说好了似的，一齐抬头竖起耳朵，从它们的卧姿起身朝门口走去。它们听到了几英里外车子沿着悬崖嘎嘎作响。我和奶奶都听不到任何声音，但我们知道我们能从更灵敏的耳朵上的动静中看见声音的到来。这就好像我们能在不同感觉的交换中看见声音本身。有时你能在电话里看见对方的脸，知晓那个消息是祸是福，虽然你的耳朵里只有寂静，什么声音也没有。

“他们来了。”奶奶说，最后一次拍了拍她的头发。

远处的车队里都是她的家人，他们的远征最合适的名字就该叫“该拿奶奶怎么办？”过去十五年出征，他们总或多或少带着胜利的指望，而且总放在夏天，因为这时能召集到的军力最为强大。夏日里，她的儿女、孙辈、曾孙辈，甚至玄孙辈都会从外面世界的大小道途上汇聚而来，和当地的亲眷会师，一同谋划，商讨战略，以求达成目标。每年，面对着吁求、眼泪、请愿甚至威胁，奶奶始终很坚定，不愿搬出这个她自己的家。我此刻见奶奶正安静地集起她的应对方法，经营她的强硬气势，好比是在检视自己的装备。这让人想起塞西尔·德米尔老电影里的大场面，那些欲登高的进攻者被滚落的巨石或燃烧的火球击退；有时，他们意识到云梯被推开，于是在坠落中尖叫，四肢乱舞。但似乎我们同情的永远不是他们，而是那些被围困的人。

今年的策略和山下的养老院有关，用来代替去年未奏效的战术。去年他们的方针是“和我们一起生活吧”，好些人都这么提出了，虽然态度在热忱与勉强间差别还是很大的。

养老院的好处是“有自己的空间”，“能和岁数相仿的人在一起”，“不用再操心吃什么”，以及描述得很模糊的所谓“照料”。类似的“好处”还很多。讲不完。

养老院奶奶去过很多次了，去探望她的朋友。她对那个地方的痛恨，丝毫不输给她去见的那些人。她们用羊皮纸一般的手握住奶奶的手指，低声跟她倾吐，用的是大多数护工已不能听懂的盖尔语。她们向她历数种种暴行，有些是真的，有些是想象出来的：探望的人走了之后，工作人员会偷纸巾和巧克力；食物里有人下毒；老人会在扶手椅或轮椅上被绑住很长一段时间，屁股下是自己的便溺，直到脑袋倒在自己的肩头还没人管。老太太在养老院中遭受这些真实或假想的痛苦意味着什么？而那些想象出来的惨状，难道因为它们是假的就不那么可怕了吗？

如果我们去想，大概每个人都能预见自己在“阳光坡”、“阳光溪”、“阳光之地”或“普照之谷”这样的地方，无力使用尿壶的场面；听着护士的助手嚼着口香糖，聊着她们的男人（也分真的和想象的）：“他不会吧？”“他真的那样啊？”“你是开玩笑的吧！”也能预见自己的身体会让人举着水管冲洗——他们对身体太过了解了，知道我们能干什么或者干不了什么，他们知道最后的结局会是怎样的。这种情景我知道正向我压下来，讽刺的是，我能同时觉得它很远，又很近。

而我又一次为我的虚伪和怯懦而忧心忡忡。今天我自己当然是愿意来的，但其实一半也算是被派遣来的。他们要我做第一个恳请奶奶的人。“或许卡伦要她去的话，她会去的，”他们说，“要是有谁能说服她的话，也只有卡伦了。”但卡伦一早上只是坐着什么也没干。他没干是因为他不认同今年的策略，就像他去年也没认同一样。在心里某处不为人知的地方，他希望他们今天还是会失败。

车子渐渐出现在栅栏门那里，我觉得自己像个失败的先遣骑手。本来我该为后续作战部队侦察地形的。或者我是一个颠倒的施法者圣约翰，派来是给假冒的先知铺一条歧路①。又或者，我是头脑混沌、心中悲苦的犹大，已经离绞索不远了。至少我不用亲她的脸颊②。

汽车驶进院子，各式各样的人从里面涌出来。我站在门口，像是一人担纲的欢迎委员会，奶奶跟以往遇到这种场面时一样，在屋里坐着。我的这些亲戚甚至有点像夏日里鲜艳的禽鸟，身着彩格呢的裤子（裤脚有翻边也有不翻的），碎花、大花的上衣，运动衫，有说有笑。他们的这些宽松裤、喇叭裤、牛仔裤、凉鞋和五花八门的“着装风格”都来自他们生活的不同世界和身处的不同年代。我隐约觉得这群人似

---

① 圣约翰，布道者，耶稣的先驱，《圣经》中称他“预备了道路”，“为耶稣基督预备合用的百姓”。

② 犹大背弃耶稣基督时，以亲脸颊的方式向士兵指认他。后悔罪自缢。

乎不像是来自有能力预见自己死亡的血统。

他们进屋的时候，或朝我笑笑，或拍拍我的肩膀，有几个还很期待地要从我的眼神里读出什么讯息来。屋里椅子不够，他们也只得尽可能安排好自己的位置。小孩都坐在地上，双臂环抱着自己的膝盖。他们很快就会要跑出去玩耍，也可能见到了动物，因为太过陌生而受到了些惊吓，但不管怎样，他们现在先得安静地坐好，不能没有“礼貌”。

没过一会儿他们就开始拍照。“三代人来一张，”他们说，“现在你跟玛丽跟孩子一起，第四代嘛。”奶奶很顺从地把她最小的曾孙抱到双腿上，而她的儿子和他的女儿分别站到她两边。他们看着镜头时人都像是结了冰。

高中毕业的那个夏天，我和我最近的堂兄跟着一个叔叔在船上打工，把一桶桶的腌鳕鱼运到西印度群岛，再带回一桶桶深色的非法朗姆酒。回程时，在某个无风的夏夜，我们的船会泊在一个小村庄边上，听不亮灯的当地小渔船压低了的马达声。它们辛勤地往返，把酒桶运到沙滩上，那里有卡车在黑暗中等着它们。

有一回在牙买加，堂兄和我在街上被个男孩拦住，递给我们一张卡片，要我们跟他走。他把我们带到一家妓院，我们从未见过那样的阵仗，心里着实是有些害怕的。等我们终于说服他我们不需要“乐子”时，他把我们带进一间“照相室”，场面也没比之前检束多少。各种肤色和种族的姑娘在镜头前摆出淫冶的姿势，旁边都有一个跟我们差不多大小的男孩惊恐地站着。她们脱了那些年轻人的衣服，把头发甩得都快要缠上他们的下体，且甩罢头发还会用嘴唇拂蹭。一个深色皮肤的小个子男人活力十足，推着一个带轮子的笨重相机从一对模特移到下一对，嘴里大声指导着他们的造型，还问那些年轻人叫什么名字。每张照片的正面都有同样的笔迹写着几乎同样的话："约翰，你是我唯一的真爱，泽尔达。""蒂姆，你是我唯一的真爱，坦尼娅。""乔治，你是我唯一的真爱，葛尔蒂。"

"海岸警卫队，哥儿们[①]！"我们这位新朋友告诉我们。后来我们知道，这些像是处男、面露惊恐的年轻人是海军军校的学生，在佛罗里达基地的船上服役。他们会把照片放在皮夹里，偷偷地展示给将来的朋友，说一句类似这样的话："这是我家乡的女朋友。"然后等着对方的惊叹和艳羡。

我现在觉得今天在这里拍的照片也一样虚假造作。一组组家庭成员被孜孜不倦地鼓励要微笑，身处其中的人不容易发现在眼神中闪动的是极度的渴望和恐惧，触及最黑暗的真相。

我瞥到窗外奶奶紫红色的马和灰底深纹的牛，它们正在塞满院子的汽车边打转。有些汽车的名字本身就是动物：

① 原文为mon，牙买加人用此词可指代男女老少各种人。

“野马”、“斑马”、“小牛”。等一会儿小孩子们就会被派遣来阻止真正的动物毁伤或刮划它们名姓相仿者的金属表面。

下午的时光推移，谈话如潮起潮落。有人从口袋里拿出小酒瓶，倒出朗姆酒喝。我父亲和叔叔婶婶们从挂钩上取下小提琴，自如地演奏着吉格舞曲和里尔舞曲[1]，复杂的曲子他们拉起来却毫不费力。他们所有人握琴弓都握在同一处，手势一样，扭动手腕的方式也如出一辙。这种风格比我们所有人的记忆都延伸得更远，这样奏出的音乐我们称之为“我们的声音”。有人从手提包或口袋里取出口琴，更年轻的还把吉他拿了进来。也有人在指间打着勺子，或是用勺子敲着大腿。奶奶和她的每个儿子都跳了舞，然后又和家里的其他男子跳。在我的臂弯里，她的转身是如此的轻盈和从容。在养老院里也没有比她更年长的老人。

情绪慢慢高涨，气氛也逐渐热烈起来，那个问题却如同一只小虫，在大家的头脑深处嗡嗡地回旋。没人敢问，但也没有人敢走。每隔一段时间，就有人满怀期冀地望向我，挤眉弄眼似乎在等我的指示。奶奶依然在轻松、优雅地舞蹈和摆动；她在等着今天结束。“我只要再坚持一会儿，”她的眼神似乎在说，“我就赢了。我不会输的。”我就能想见她二十六岁时的情境：大着肚子，周围是哭泣的小孩，要把儿

① 苏格兰乡村舞蹈主要形式中的两种，节奏都颇明快热烈。

童雪橇上丈夫冰冻的尸体拖回家。或许她当时说的也是这几句话。我无法猜度在横亘其间的七十年里，奶奶把这样的话重复了多少次。

我太明白了，那些被提出的她不该留在这儿的理由。这里冷清、隔绝。房子太老，只能靠火炉取暖，照明也就靠昏暗的煤油灯。没有电话。到了冬天，她的食品和杂货只能靠家里人等能够通行之时，开摩托雪橇送上来，而他们也不确定能买到些什么。那些牲畜一则难养，二则费钱，冬天在它们的棚里忙碌很可能就会被绊倒。

我和这里的大多数人一样，也很清楚她生命的其他侧面。她憎恶各种机构，也鄙视和它们相关的所谓“方便”。她丈夫死后，哈利法克斯当地政府曾表示她肯定无法支撑，提议不如将她的孩子交给别人领养，或送到孤儿院，这样“对大家都好”。他们还补充：这样大家都更“轻松些”。我们到了七十年代早期还有这么多人能挤在这间屋子里，喝着酒听着歌，从某种意义上说，就是奶奶抵制那些提议的结果。七十年了。“我是绝不会让别人把我的孩子带走的，绝不会让孩子像蓟种子上的冠毛一样散落四方，”她经常这样说，“我不是那样没有心肠的人。有些事难点又有什么打紧的。没有人说过人活着是容易的事情。人不过就是得活着。”我今天来至少有几分这样的心思：希望能找到这样的力量去面对生活和死亡。

音乐止歇，日头也往西去了。年纪小一些的孩子开始在父母耳边轻声说他们肚子饿，想走了。紧张的气氛似乎不断在积聚，听得见噼啪作响。我们都等着那一道闪电劈下，好让这种情绪得以排解；我们都盯着那摇摇欲坠的石块，等着它落下。①

大家都没想到奶奶突然开口说话："我希望你们都别为我担心吧。卡伦说了，他要留下来跟我一起住，这么一来什么问题都没了吧。"

先是一段难以置信的沉默，然后如释重负之感喷涌而出，就像浴缸拔出塞子，轮胎拔掉气门，本来控制、包裹得如此严密的东西瞬间被释放了。大家目瞪口呆，看了看彼此，又看了看我。这个解决方案似乎太过完美，以至于无法理解。实在太好，便显得不真实。父母看着我好像既不可思议，又有些宽心的意思。我这次回来得意外，又好像没有回安大略的打算，他们本就有些疑惑。"或许他准备在这里的高中教书，"我听见他们两人自己在讨论，"或许他是累了，想休息一段时间。"我没有告诉他们，也没有告诉其他任何人，我之所以回来，是因为我知道我快死了，我想不出来还有什么地方可去。

---

① 作者此处似指一种垒石块的艺术或游戏（stone balancing），需将大小形状不同的石块逐一垒起，每块石头间只有单独的平衡点连接。

现在看上去问题已经暂时得到了解决，他们似乎也很高兴，因为终于知道原来这两天我是有规划的。他们在房间两端点头微笑，虽然那份不可思议感还没有完全消除。奶奶也在笑，好比她打出了王牌，正左顾右盼庆祝暂时的胜利。我没有勇气去摧毁她的谎言，她太希望这个谎言是真的了。

几乎没有什么过渡，大家就乱哄哄地开始准备离开。就好像他们得了一个意想不到的神奇礼物，要是在这个礼物跟前待得太久，他们怕它会突然消失。“先跟您说再见了，”他们说，“过一段再来看您。”“再会。”“保重。”

车门砰砰地关上，引擎发动，轮子碾过地面。栅栏门被推开，父亲是最后一个，又将它推回原位。我和奶奶始终站在门廊里，他朝我俩挥了挥手。父亲是连接我们三代人中间的一环。然后他也上了车，开车走了，母亲坐在他旁边。只剩下我和奶奶。

回到厨房，奶奶忙着准备吃晚饭要用的餐具。她从架子上取下盘子，从抽屉里拿出刀叉。差不多整个下午都在外面的狗也回屋里来了，又瘫在地板上，继续扮演着它们静默守望者的角色。太阳正移向海面。

“没用的，奶奶，”我终于说道，“你的办法行不通的。”

“什么?”她说，还是背对着我，伸手去拿杯子和茶碟。

“就是你前面跟他们说的那些。说我会留在这儿。行不通的。”我迟疑了一下，但看起来我不能再隐瞒了，“行不通是因为我就要死了。”

她转过来，严峻地看着我，她的脸上闪过一丝恐惧，但立马被她抹去。“是，我明白，”她笑道，“我们都要死的，早晚的事。”

“已经不是早晚的事了，”我说，“很近了。就几个月。我见不着下一个春天了。我待在这里对你对我都没什么用。医生说的。”

“别犯傻了，”她说，“你才二十六岁。你人生才刚开了个头呢。”

她看着我，表情里带着对我荒唐想法的纵容和对现实的歪曲。就如同一个宠爱孩子的母亲，在听她想象力丰富的孩子告诉她，楼上的卧室里有一只长颈鹿或一头大象。我很爱你，那个表情在说，虽然你满嘴的胡言乱语。

有那么一瞬间，我希望之前是我在胡言乱语。我希望我的确如她所以为的，是在犯傻。我希望能回到伤痛能被亲吻抚去的岁月，希望她是对的，而我很庆幸地错了。

“不是的，”我说，“我说的是真的。没半句假话。”

“我不懂啊。”她说，现在她的嗓音中开始流露出真的恐惧。我不知道我说话时听上去是否也是如此。

我们坐在厨房餐桌的两头，对视着，中间似乎就隔着我们相差的漫长的岁月。我们试着交谈，但试了几次都不算成功。

突然奶奶探过身来抓住我的手。“卡伦啊，卡伦，”她说，“我们该怎么办啊？我们该怎么办啊？我俩以后会怎样啊？”

她的动作几乎是早先下午的翻版。看着她的手，我注意到我一直没有把她的指甲剪完。我不知道我该说什么。她抓我的手是如此用劲，好像我能把它从梦里幽暗的水中拉出来。我试着也回应她的力道，因为我不知怎么也幻想着她能救我。突然我们两人都落泪了。我们为对方也为自己哭。我们本想在对方身上找到力量，却在这一场脆弱的泪光中相逢了。狗都竖起了耳朵，轻声呜咽。它们在我和奶奶之间来回，信任地把头枕在我们膝上，望着我们的眼睛。

有时我们于无光的恐惧中，很难分辨梦和真实。我们或于夜阑之时醒来，却因为方才梦里的世界要好上太多，便硬凭自己意念的力量要回到那种忘忧的快慰中。有时情况正好相反，我们又会掐自己，或用指节去磕铁的床沿。有时，噩梦是没有边界的。

僵直地躺在父母家的床上，白天所有的画面和情绪都相遇、飞旋在我心里和眼前的黑暗中。所有的期望和恐惧，过去的，当下的，都互相碰撞和纠缠。有时我们见到“当下”的尽头，“过去”会隐约显得更为重大，因为我们除此再没有别的东西，除了“过去”，我们觉得再没有什么可以懂得。我感觉我正朝往昔坠落，希望能拥有更多的过去，因为我的未来正变得越来越少。二十六年太短了，是不够的，我要沿着一代一代的先人走得再远些，好从此刻那看来微不足道的留存中获得更多。那些迷信、草药、听得出宿命的喊杀、萦绕心神的小提琴声和如蛛网般的癌症疗法，我想一样样回去了解。所谓“天眼”、通鬼神的视线、狗的直觉、海鸥的呼啸，它们关于生存及其终结说了什么，每一个我也都要知道。我想回到双手能施展法术的祭司那里。我想回到信仰疗法的医师那里，只是我的信仰恐怕不够。回到怎样的过去都可以，只是科学太过冷漠，我不愿死在它那双不由分说的手里。

我看得见那个既苍老又青春的麦克利蒙，他静静地谱写死亡的歌谣，他就要永远离开雾气笼罩的斯凯岛那阴郁的海岸。我听见了音乐，觉得它就像钟声，伴着钟声我看着他沉默地跌进黑暗中。多奇怪，我想，怎么会有人觉得小提琴声像钟声呢？

我起床穿上衣服，没有出声，小心地穿过睡梦中的屋子。外面一片静穆。这个地区没有建设工业，夜深时这种安静很深邃。音乐似乎从海上来，从宁谧的海湾——不对，不该把这音乐误会成其他的声响，它不是鸟声，不是广播，不是转轨的火车或驰过的汽车，也没有人在聚会。它是它自己，让人觉得陌生，于是又古怪地觉着亲切。

几乎是回应耳中的钟声，我听见三条黑白边境牧羊犬的长嚎。叫声浮在无风的暗夜上，从乱岑角沿着寂寞的海岸线飘下来，先是最老的那条狗，接着是老二，然后是最小的老三。我能分清每条狗的呼叫，也听懂了它们悲苦的声音中所传达的讯息。我已经救不了我奶奶了，我知道，就像下午时我救不了她一样。

去乱岑角的路一片漆黑，我的车就随着车灯探索的光束一会儿上一会儿下，一会儿作 U 形转弯。有些弯是如此的极限，车子会开到光亮的前头去。有时候，车灯直直地打在前方黑暗的绿叶上，而道路会出其不意地朝左朝右急转，所以有一时半刻是完全看不见的。我开得很轻松，就像在梦中接受了某种指引一样。

在“伤心的拐点”，我车前的灯光照到等待着的狗的眼睛。它们趴在路当中三处不同的地方，眼睛在黑暗中的光芒作为顶角构成一个等待中的三角形。它们放射出的红光既是标识又是警告；我觉得有点像港口中的信号浮标，或像机场跑道尽头的端灯。

见到我从车里出来，它们是高兴的。他会知道该怎么办，它们好像在说。多少个世纪以来，这些狗生下来就是为了保护和指引生命的。废品旧货栈、二手车仓库和打烊的超市不属于它们，它们守护的不是金石，而是与它们自己一样脆弱和无常的生命。静静地跑去保护羊群，不让它们掉落快坍塌的悬崖，或是蜷伏在断腿的羊羔身边，它们一直是主人亲密的帮手，而当遇上大过它们能力的困境时，它们就会等着主人到来。现在它们就很高兴见到我，正朝我走来。

奶奶就躺在路当中，没几步就是那段陡峭的上坡路，小溪淌过路面。我跪在奶奶旁边，握住她的手。她的手摸上去还有余温，而指甲还是没有剪好，现在是不用再剪了。她身上没有见到伤痕，她的眼睛是睁开的，向上直视着黑暗的夜空。那缠绕的苏格兰蓟花依旧别在她裙子的领口。这就是我们得到的结局。

我起身攀登了最后那段陡路。立在悬崖边缘，面朝大海。我转过头，向左沿着海岸想看到我的家和乱岑角的其他建筑，但在黑暗中我什么也看不见。在这条黑暗道路的终点没有人了，自从苏格兰移民来到这里，这是几个世纪以来的第一次。我转回来面向宽广的海面，我凝神想见到些什么，但依然是徒劳。现在我奶奶望不见爱德华王子岛，以后也不会望见了。我低头看脚下的黑暗，但那里也只是一个黑暗的虚空，虽然我听得见海水温柔地拍在底下很远的巨石上。

奶奶在久远的早晨演奏的音乐在我脑中徐徐回荡。我分辨不清音乐到底是在我体内还是在我身外，但似乎这也无关紧要了。眩晕的黑暗漩涡在体内升起，似乎很想融入我身处的黑暗中。我想扶一下稳定的门柱，或抓住牢固的座椅，但伸手处空无一物。就在这时，和音乐一样，内外的黑暗向着合二为一蔓延，它们涌向对方，交融，不分彼此，差别消弭成一种纯粹。没有间隙，没有声响，这个相逢让万物归一。

跋

乔伊斯·卡罗尔·欧茨

阿利斯泰尔·麦克劳德的《海风中失落的血色馈赠》自一九七六年出版以来，已经成了加拿大的经典。这些怀着深厚情感考究雕琢出来的短篇，背景都设在布雷顿角，一个对很多加拿大人来说都颇为遥远的地方，但它又以海岛风光和与世隔绝而闻名。但《海风》的读者不会感觉他在描绘异域奇事，或在创造狭隘的地域文学，反而，他们会想到一些与之亲近的世界，比如弗兰克·奥康纳和埃德娜·奥布莱恩的爱尔兰，A. E. 科珀德[①]已经远去的英格兰，和D. H. 劳伦斯无望的英格兰中部。他们也会想到温斯洛·霍默[②]那些无与伦比的水彩画，画的都是缅因州普鲁茨耐克和英格兰卡

① A. E. 科珀德（1878—1957），英国短篇小说家、诗人，幼贫苦，四十三岁首次出版自己的作品，故事以英国乡村为背景。

② 温斯洛·霍默（1836—1910），十九世纪下半叶美国最重要的水彩画家之一，擅画风景，尤以海洋主题见长。其画风质朴而现代，极具美国特色。

勒考兹的百姓与海景。人世的戏剧本来神秘难懂，要说它会被如此细腻呈现、如此地域化的世界映衬得更为清晰，自然是浅显到多余的，更何况我们正谈论的是第一等的艺术。但在品评手上的这个作品时，读者很容易忘记这样宽泛的道理，因为阅读麦克劳德的体验让你无暇他顾。

再玩味一下麦克劳德那些故事的开场："'我们只能把它卖了，'我记得母亲不容置辩地说道。"(《秋》)"即使是现在，我有时四点醒来，还是满心恐惧，怕自己睡过了头。觉得父亲正在黝黑的楼梯下等我。"(《船》)"我现在要讲的事情发生在七十年代初的某个七月。"(《去乱岑角的路》）麦克劳德的叙事中有种和谐的对立，而透过他澄澈的文字，自然世界化入其中时是如此的可信又举重若轻。"暮色渐浓，夕阳给万物抹上金光。没有棱角的灰石向着它们念想的欧罗巴赫然耸起，也漾在这片晚照中。落日信手点染的，还有未长成的云杉、往低处藏躲的地衣、精致而不失刚健的蕨类、根茎如神经般虬结的苔藓、瘦小而强硬的越橘。灰暗的雨飑斜斜地从海上扫来，又骤然远去，不由分说得如同趁人不备的劫掠者。"(《海风中失落的血色馈赠》）这是一种隐藏自己痕迹的艺术，它遣词造句是如此优雅，但是又引发一种不可思议的口语化的节奏，让人很容易忘记这确实就是艺术，反而误会这只是对生活的直白记录，有时甚至会觉得它不加修饰到让人难以承受。

因为麦克劳德似乎与生俱来有讲故事的天才，而且很明显属于所谓“口述传统”那一脉，那么需要点出的是，他创作中的这种追求经过了许多大师的不断发展，其中包括哈代、劳伦斯、乔伊斯、海明威和福克纳（注意，是《都柏林人》的乔伊斯，是《在我们的时代》的海明威）。他运用现在时态是如此娴熟：“一九六〇年，六月的第二十八天，是我得拯救的日子。早上六点整，我醒来，意识到今天是我的十八岁生日。”（《黑暗茫茫》），所以从不让人感觉突兀，而正如乔伊斯·卡里[①]所言，这种手法让读者突然有种忐忑，像是一个旅者眨眼间到了地图上没有描绘的地方；他会觉得更直接，有电影的鲜活之感。

这些故事像是某种宗教或组织的入会、祭祀仪式。某个故事中，一个孩子意识到大人参与了杀戮。另一个故事中，一个年轻人终于接受了“成年”意味什么，能够面对像某种生物的卷须一样舒展开来的他和自己血亲的关联。又另一个故事中，一个已经远离布雷顿海角的年轻人，时时感觉到人生被父亲为自己所做的牺牲而定义，也因此觉得孤立于世。如果只能说出一条麦克劳德小说的潜在主旨，那就是纪念和神圣化的冲动。这其实是一种既原始又“现代”的观念：当你把文字用正确的、通神的顺序排列之时，纯粹有限的化作

① 乔伊斯·卡里（1888—1957），英国小说家。

无穷，地方化的消弭边界，沉寂的发出声音。男男女女不假思索唱起了歌谣，将生者与苏格兰祖先联系起来。他们旁边很可能有一个像约翰一样的男孩伴奏，在短篇集的同名故事中，约翰“和全世界所有吹口琴的人都一样：右脚打着拍子，两个幼小的肩膀拱起来，围着掌心里的乐器”。这样传递出来的是更迫切要被珍视的东西，历代诗人和小说家都明白这个道理，从哈代到叶芝，从乔伊斯到麦克劳德，还有他布雷顿角的同乡作家 D. R. 麦克唐纳，另一个用满腔才情为当代沿海生活唱起挽歌的人。

在这样的小说中，因为自传性的微妙笔触和权威感，所以叙述者往往又是见证人，而读者顺着他的目光也扮演同样的角色。在《秋》中，那匹被珍爱的马要被杀死了，我们不仅对那个孩童叙述者的震惊感同身受，我们似乎也参与了孩子注定失败的抗争，因为他面对的是生命（和死亡）中不为所动的冰冷事实，那匹马即是象征。《船》是集子中美到最为毛骨悚然的故事，他用这样符咒般的文字祭奠父亲的死：

但无法面对的，还有十一月二十八日，往北十英里，父亲找到了。他曾多少次被海浪抛起，砸向布满乱石的悬崖，最终夹在两块巨石之间。他的双手双脚都已经被撕碎，他的鞋早被海水吸走。当我们想把他从石头间拖出来时，他的肩膀也在我们手中变得不成形状。海鱼咬掉了他的睾丸，海鸥啄走了他的眼珠，他曾经的面孔如今只见一团肿起的紫色皮肉，只有他白绿相间的胡须不问生死，继续生长，如同坟上的野草。父亲就躺在那里，腕上还挂着铜链，头发里长起海藻，他的身体其实没有剩下多少。

他想让读者明白，他的父亲不是独自一个人，而他对自我的牺牲（他从来都不是当渔夫的料，也从来没有喜欢过自己的事业）也非孤立的牺牲。这让人想起英语和苏格兰语中那些古老的谣曲，吟唱者将留存、致敬、庆祝、哀悼和作证等等目的用歌声表达。

读者在麦克劳德短篇中遇见的叙述者是儿子、是兄弟，但在那一切身份之上，他是一个见证人：他不像年轻的斯蒂芬·迪达勒斯[①]将人生用来塑造民族精神，而是决心要替这种精神发出声音。因为我们知道，那些深埋到连眼泪都触发不了的情感，并不是只有能说会道的人才有。我一直觉得“地域文学”这个说法既引起误会，又对这个类型的写作不够尊重。难道那些背景在大都会（伦敦、纽约、巴黎、东京、多伦多）的小说不最符合“地域文学”的题中之义吗？它们的力量——就其中那些有力量的作品来说——难道不依靠道路和街区的细节，不依靠不同区域口音和天气的变化，

① 斯蒂芬·迪达勒斯，乔伊斯名著《尤利西斯》的主人公。

不依靠那些住民以为会永不改变和减损意义的楼宇的轮廓吗？就这个意义上来说，所有的文学都是地域性的，或者反过来说，没有文学是地域性的。阿利斯泰尔·麦克劳德的布雷顿角无处不在。任何人只消跨一步便能进入。